わ、わ、技が――
進化してるよおおおっ！
ルイーズ
Louise
マリサ
Marisa

「望むところです！」
「ええ、出し惜しみはお互いになしですわ！
手を抜かれましたら一生恨みますので」

「そっちが二人で一人なら、
こっちは三人で一人だよ」

イヴァンナ
Ivanna
シャーロット
Charlotte

けものの使いの転生聖女

もふもふ軍団と行く、
のんびりSランク
冒険者物語

3

Reincarnation
of
Beastmaster

白石 新
Arata Shiraishi

Illustration
希望つばめ
Tubame Nozomi

GC NOVELS

Contents

chapter 1

マリサと賞金首とモフモフの海

と、まあ前回のいざこざでイヴァンナちゃんが暁の銀翼に入ったわけだ。

それと、宝玉の事件で色々と報奨金も出たらしい。

ってことで、私たちの生活は目覚ましく変わり、名実ともにギルドでも最強の冒険者パーティーということになったんだよね。

それで一番ギルド内で変わったことと言えば……。


「おい、暁の銀翼だぜ」

「全員が美少女で、全員が強くて、そして全員が残念な性格って噂だよな」

「けもの使いなのに肉弾派のマリサ、吸血姫のロリババア、生き物を殺せない……必眠剣《ひつみんけん》のシャーロット、そして百式のルイーズ」

「ちなみにシャーロットは錬金術師志望で、ルイーズは百式を使わない方が強いらしい」

「マジで意味分かんねえ連中だな。シャーロットにしてもSランクの力があるのに魔法学院で錬金術を学んでんだろ？」

「しかもギルド最強なのにワケありで高ランクの依頼を受けられないって話だ」

そんな感じで私たちは今現在、ギルドでは「何だかよく分からない異物扱い」されている。

いや、一部に私たちの熱狂的なファンもいるらしいんだけどね。

で、その主な理由は私もイヴァンナちゃんも、聖教会逆十字騎士団《ブラッディナイツ》の預かりみたいになってるんだよね。

何でそんなことになっているかっていうと、聖教会から古代生物兵器みたいな扱いをされているんだ。

なので、世界に与える影響の危険度を見るための経過観察状態っていう話だね。

その一環として「あまり目立つな」というお達しが聖教会から来ていて、高難易度の依頼を受けることができなくなっちゃったんだよね。

で、イヴァンナちゃんは定期的に聖都で検査があるみたいだし、月の半分はこの街にはいない感じ。

それと、私はお金を持つとお菓子を買いすぎる癖があるので、私の貯金はギルド長さんが預かっての……お小遣い制になった。

そこについてはシャーロットちゃんから「真面目に糖尿病を心配してた」との言葉を受けたので、ギルド長さんに任せておいた方がいいんだろう。

それで貯金の残高のお知らせは毎週泊っている宿に手紙で届いてるんだけどさ……。

けれど、私は数字を見ると頭が痛くなっちゃうので、中身はあんまし確認していない。

と、話は脱線したけど、そういうわけで私たちは依頼について制限をかけられているわけだ。

なので、私たちは来る日も来る日も……街の近くで新米冒険者がやるような薬草採取ばっかりしていたんだけど――


「何？　荒野に採取に行きたいだと？」

ギルド長さんが苛立《いらだ》った様子でそう言ってきた。

「あのなマリサ？　荒野といえば賞金首のたまり場なんだぞ？　治安は最悪なんだぞ？」

「みたいですね」

「これまでのアレコレで、お前を危険地帯に出すとロクなことにはならないというのは分かったと前に言ったよな？」

「はい、そうですね」

「お前は聖教会からも色々と制限を受けているよな？　目立つなって言われているよな？」

「はい、そうです」

「つまり、お前は俺の頭痛の種なわけだ。それを知った上で、俺を困らせたいのか？　断言するが、お前が帰ってきた時には賞金首を百人ぶっ飛ばしたみたいな結果になるに決まっている」

「だって、街の外の平原での採取はつまんないんです。飽きてきたんです」

「そんなこと言われてもなぁ……聖教会関連は本当にややこしいんだよ」

「だってだって、街の外での採取はつまんないんです。本当の本当に飽きてきたんです」

「とにかく、お前が動くだけで派手になるのは前例が証明している。トラブルメーカーって感じで……目立って仕方がないんだよ」

「トラブルメーカーって何のことですか？」

「お前のことだよ！」

と、強目にゲンコツを落とされた。

「ケルベロスを救った時の古城の一件でもSランク冒険者が二人消えてるし、前回の宝玉の件に至っては大惨事だ。聖教会の暗部が動いているが、情報統制も完璧にはできていない」

ああ、そういえば古城の一件ではSランク冒険者が二人いたね。

ちなみに、あの二人はフー君とヒメちゃんにビビりにビビっていた感じだったね。

オマケにフー君が「お仕置きブートキャンプ」と称して、あの後地獄を見せたらしい。

その上で、魂魄《こんぱく》契約による口止めと金輪際周辺国には近寄らないと約束した上で解放となったわけなんだ。

曰く『こんな化け物娘……歩く厄災《ディザスター》のいる国に誰が近寄るものですか！』とのことだ。

まったくもって、年端のいかない乙女に対して失礼極まりないセリフだったよね。

で、あの二人は大陸の東の果ての島国まで自主的に逃げるように去っていったって話だったか。

ちなみに、あの二人に嫌がらせを受けたケルベロスさんは今も森で元気に王様として暮らしている。

「つまりだ、お前とイヴァンナは存在自体がややこしいからな。もしも大国にお前等《ら》の力が悪用されたりしたら……聖教会じゃなくても、俺ですら危険だと思うぞ？」

「うーん……」

「お前等が今、危険だと判断されずに外を普通に歩けているのは奇蹟だと思え！　色んな人が口止めや根回しに回って大変な労力をかけてるんだぞ!?」

「いや、でも……」

「でももへったくれもあるかっ！　お前は色んなことがいち段落つくまでは、安全な場所で採取依頼でも受けていろ！」

と、そこでシャーロットちゃんがコホンと咳《せき》ばらいをした。

「でもお父さん？　荒野は見通しが良くて、ほかに衛兵なんかもいるわけですし……」

「何が言いたいシャーロット？」

「私たちも襲われない限りは交戦するつもりはないんです。荒野の中でも危ない場所に行かなければ、そう賞金首とドンパチにはならないと思うんですよ」

「まあ、それはそうかもしれんが……」

「そうなんです。荒野のスラム……キャンプの中には賞金首がたくさん潜んでいるんです。もちろん監視の目は本当に厳しいです。そういう場所であれば、逆に揉め事は起きないのでは？」

しばし何かを考えて、ギルド長さんは大きく溜息をついた。

「で、どうしてお前たちは荒野に採取に行きたいんだ？」

「だから、街の外の平原は飽きました」

「お前には聞いてない。今回はシャーロットに理由があるんだろ？」

そこでシャーロットちゃんは申し訳なさそうにペコリと頭を下げた。

「星の石が欲しいんです」

「月から降ってきたっていう錬金素材のアレか？」

そうなんだよねー。

荒野を何人かで一日探せば見つかるような素材らしいんだ。

それで、シャーロットちゃんには、どうしても近日中にそれを手に入れなくてはならない理由があるのだ。

と、いうのも——

「ごめんなさいお父さん。錬金術学科の試験で星の石を素材にした課題があるんだけど……ド忘れしちゃってて……」

テヘヘとばかりに、ペロっと舌を出すシャーロットちゃん。

まあ、つまりはシャーロットちゃんはかなりのドジっ娘なんだよね。

で、その話を聞いて、本当に平原採取も飽きてたから「じゃあ行こう！」ってなったのが今回の顛末なんだ。

「シャーロット……お前なあ……」

大きな大きな溜息をついて、ギルド長さんは首を左右に振った。

「父さんが立て替えてやる。星の石は高価だが、ギルドに在庫があるから……」

シャーロットちゃんは首を左右に振った。

「試験の条件は自力での錬金素材の確保というのもあるんです。お店を持つ前の見習いの頃は、自分も冒険者さんと一緒に外に出て素材確保しなくちゃいけないんです。その教育の一環なんですよ」

「ぐ、ぐ、ぐぬぬ……」

「と、いうわけでギルド長。別にこれは私のワガママってだけじゃないんですよ」

「はー。すまんなマリサ。娘のことで迷惑をかけてしまって」

まあ、飽きてたのは本当なんだけどね。

「それじゃあギルド長？　荒野への採取は行ってもいいんですか？」

問いかけに、ギルド長は苦虫を噛みつぶしたような表情を作った。

「荒野での採取は認める。ただし――絶対に！　絶対に騒動を起こすなよっ！」

と、そんな感じでお笑い芸人さんで言えば「絶対に起こせ」としか言えない「フリ」を受けて、私たちは荒野に向かったのであった。

サイド シャーロット

さて、道を行くこと森の中なんです。

ちなみにルイーズさんは貴族の社交界関係で、今日はどうしても外せないってことで同行していないんです。

でも、彼女はちょっと怪しいんですよね……。

日給の建設現場での目撃情報なんかもありますし、何で貴族が、って意味が分からないんです。

まあ、さすがに見間違いだとは思うんですけども。

藪《やぶ》や茂みが多くて、とっても歩きにくいことこの上ない道なんです。

「とにかく今回は戦闘が厳禁なんです！　特にマリサちゃんは絶対に戦っちゃダメですからねっ！」

「もー、分かったよー」

「言ってる側《そば》から、何となくの暇つぶしでデビルベアーがマーキングをしている大木を叩き折ろうとしちゃダメなんですっ！　そんなことしたら目の色変えて襲ってきますよっ！」

「えー……ただ歩いててもつまんないじゃん」

渋々といった感じで、マリサさんは大木に放とうとしてた裏拳を引っ込めました。

やれやれこれは本当に面倒な子だなと思っていると――

「目についたからと言って、果物を三十メートルもジャンプして取っちゃダメなんです！」

「え？　この果物美味しいよ？」

「そういう問題じゃないんですっ！　誰かに見られたらどうするんですかっ！」

「いや、もう今更みたいなところあるじゃん？　私が強いのはこの街では知られているみたいだし」

「それはそうなんですけど……」

他の街に知られると不味《まず》いから、大人しくしておけとみんなに言われているんですけど……。

と、そこで「はー」っと、私が溜息をついていると――

「綺麗な小石が落ちているからと、立ち止まった上にしゃがみ込まない！」

「えー？　これもダメなのー？」

「ポケットに入れない！　そんなもん持って帰ってどうするんですっ!?」

「いや、綺麗だし？　お、あんなところに人面岩を発見！　見てみてヒメちゃん！　面白いねーっ！」

と、マリサちゃんは走り去って行ってしまったんです。


――自由。

知ってはいたけど……うん、とっても自由なんですよね、マリサちゃんは。

オマケに幼児性も抜けていないんです。と、そこで——

「ギギっ！　ニンゲンっ!?」

森の道に二匹のゴブリンが現れました。

ゴブリンは人語を解し、頭もいいんです。

でも、弱いので一〜二匹程度の規模では人間をまず襲わないし、こちらの数と同じ以上でないと百パーセント仕掛けてこないんです。

それで、私たちは今回、戦闘厳禁だと言われているんです。

なので、私はゴブリンさんにこう語りかけたんです。

「ゴブリンさん、私たちは貴方たちと戦う気はありません」

「ギっ……？　ホントウ？」

「ええ、その気はないんです。ところで、貴方たちもレベル1精霊魔法：氷作製《クリエイトアイス》で、かき氷を作って食べたりしますか？」

先ほども言いましたが、ゴブリンは頭がいいです。

とはいえ、人間ほどには頭が回らず、言葉を使うだけで脳の容量は一杯一杯になるんです。

「ギギっ!?　コオリ？　コマカククダイテハチミツカケル。ゴチソウ！」

ギギっ！　ギギっ！

と、嬉しそうにゴブリンさんは表情を緩めます。

私たちは今回は目立つこと——つまり、戦闘は極力避けることを目的にしているんです。

なので、私がゴブリンと会話をして気を引いて……頃合いをみてトンズラをするというのが今回の作戦なんです。

「そこでゴブリンさん？　かき氷をたくさん食べるとどうして頭が痛くなるかご存じでしょうか？」

ゴブリンさんは会話だけで頭が一杯一杯です。

更にかぶせて、そこで謎かけをすると……もう、意識は私たちどころではなくなるんです。

まあ、相手もこちらも即時交戦の意思がなく、会話が成立する場合にしか通用しない手法なんですが。

でも、安全に逃げるにはこの方法が一番いいと思うんです。

「ワカラナイ」

「気になりませんか？」

「キニナラナイ、ドウデモイイ」

これは予想外の反応なんです。

ゴブリンを謎かけで釣って、少しでも気がそれている間に逃げようと思っていたんですが……。

と、困った私は逃走できそうな道を探します。

どうやら、あそこの藪の中に走っていくと、安全に逃げることは可能なようなんです。

ならば、さあ逃げましょうかと思ったところで――

「どうしてなのっ⁉」

「え？」

「どうしてかき氷を食べると頭が痛くなるのっ⁉」

ランランとした瞳で「めっちゃ気になる！」と、いう風に……って、え？　え？　えええ？

ゴブリンじゃなくて、マリサちゃんが釣れてるんですっ⁉

サイド　マリサ

「へー。口の中の冷たさで神経が混乱して頭痛になるんだね！」

「冷えて滞った血流を戻すために一気に血が流れ込むという説もあるんですよ」

「シャーロットちゃんはインテリなんだね！」

「いえ、学校の勉強は全然できないアホの子なんです。ただ、初歩の薬で神経関係の知識が必要なのでたまたま知っていただけなんです」

シャーロットちゃんは、何だか残念な子でも見るように私を見てくる。

言いたいのっ⁉

私がアホの子だって言いたいのっ⁉

「ってか、フー君は知ってた？」

「うむ。我は伊達《だて》に長くは生きておらんぞ」

くっそ、フー君もインテリ組か！

「ふむ、やはりマリサはこれから色々なことを学ばんといかんの」

どうせ私はアホですよーだ！

これだからインテリは……と、私はシャツの中で寝ているヒメちゃんに語り掛けた。

「ねー、ヒメちゃんは知らないもんねー」

「うんひめしらない。むずかしいことわからないー」

「だよねだよねー。ヒメちゃんはそうだよねー」

「うん、ひめはそうだよー」

「ヒメちゃんと私は仲良しだもんねー。アホの子同盟だもんねー」

「うん！　ひめはあほのこー！」

よしよしとばかりにポンポンとシャツの上からヒメちゃんの頭を叩いてあげる。

すると「もきゅっ」と嬉しそうな鳴き声が返ってきた。

うんうんヒメちゃんはやっぱり可愛いね。

「二人はずっと仲良しだもんねー！　アホの子同盟で……二人だけはずっとずっと仲良しだもんねーー！」

「うん！　ひめとまりさずっとずっといっしょー！」

「ふふ、ヒメちゃんほんと可愛いね」

と、そこで――

「きゃっ！」

フー君は私の頭からシャーロットちゃんの肩の上に飛び移ってしまったんだ。

「フー君？」

「……」

「フー君？　どうしちゃったの？」

しばしフー君は寂し気な顔をして、そうして咳払いの後でこう言った。

「この中ではシャーロット嬢が一番戦力的に頼りないのでな。我が嬢を護衛することにしたのじゃ」

「え？　でもフー君は私の頭の上が一番好きじゃん？」

私の問いかけに、フー君はプイっと顔を背けた。

そうして、最終的にシャーロットちゃんの頭の上で丸まってしまったんだ。

っていうか……拗《す》ねちゃったのっ!?

私がヒメちゃんばかりに構ったからっ!?

あー……もう！

ってか、フー君ってそういうところあるからなー。

後でクッキーでもあげてご機嫌取っておかなくちゃ。

そうして、私は軽く溜息をついて森を二時間ほど……荒野へと向けて奥へ奥へと進んだのだった。


で、歩くこと二時間。

そろそろ森を抜けて荒野という所で——

「きゃあああああっ！」

森の中に誰かの悲鳴が響き渡った。

それで極力面倒ごとを避けようとしている私たちは、とりあえずの様子見で茂みの中に隠れたんだよね。

「何……アレ……？」

見ると、そこには森で果物を採取していたと思われる数人のエルフがいた。

それで不味いことに山賊に襲われていたんだよね。

山賊たちは武器を持たずに縄を持っている程度なので、どうやら殺害の意思はないらしい。

けど、まあ……殴って大人しくさせて縄で縛っている感じかな？

間違いなく、穏やかではないね。

「アレって人さらい？」

ひそひそ声でそう言うと、シャーロットちゃんは小さく頷《うなず》いた。

「荒野のスラムキャンプに住む荒くれどもの一団だと思うんです。あ、賞金首の姿もあります！　おそらくはギーヴファミリーなんです！」

「それで？　エルフさんたちは攫《さら》って売られちゃうの？　叩かれたり殴られたりで酷い目にあいながら働かさせれちゃうの？」

「いや、それで済むならマシだと思うんです。ギーヴファミリーは人を攫《さら》った後に……本当に酷いところに売ったりしちゃうんです」

「本当に酷いところ？」

「非合法な屍霊術《しれいじゅつ》の研究所に売ったりしちゃうんですよ。つまりは儀式の生贄《いけにえ》になっちゃうんです！」

「だったら放っておけないいね」

立ち上がって向こうに行こうとすると、シャーロットちゃんは私の肩を強く掴んだ。

「マリサちゃん？　揉め事は……？」

「えっ!?　大人しくしとけってコトなの？」

いや、それは無理でしょ。

棺《ひつぎ》みたいな大きな箱に、次々と縛ったエルフさんたちを詰め込んでいってるし。

こんなの放っておけるわけないじゃん。

でもでも……確かに目立たないって約束はしちゃってるしなー。

「じゃあ、私の従魔を使うのはどうかな？　私が動いたわけじゃなくて、魔物に襲われたっていう形なら……イケるんじゃないかな？　フー君やヒメちゃんならあんな連中に負けるわけないし」

「ダメなんです。マリサちゃんの従魔は目立ちすぎるんです！　マリサちゃんのペットっていうことは既に有名ですし！」

えー、八方塞がりじゃーん。

一体全体どうすりゃいいのよ！

と、そこで……シャーロットちゃんが「あっ！」と息を呑んだ。

「私には山賊連中の居場所と……出荷前のエルフさんたちの保管場所は……分かります」

「っていうと？」

「私もギルド長の娘なので、荒野のスラムキャンプの情報は大体分かっているんですよ」

「危ないところに売られる前に殴り込みをかけるってこと？」

「それはそうなんですけど、私たちは動けないんです」

「だったら、どうするっていうの？」

「屍霊術の性質上、生贄は無傷であることが条件なんです。なので時間的余裕はアリってことになるんです。と、いうことで……こういう作戦はどうでしょうか？」

そうしてシャーロットちゃんは私に耳打ちして――

「それだっ！」

と、私は大きく頷いたのだった。

◆

さて、仕込みは終えて、山賊との決戦は明日となった。

とはいっても、今回は私たちの出番はないんだけどね。

ってことで、明日に備えて今日は荒野で野営することになったんだよねー。

ちなみに、本当にただの荒野で、大岩の岩肌と砂礫《されき》だけの世界だった。

それで遠くにポツポツと……所々にキャンプ地が見えているって感じ。

この荒野に点在するキャンプ地は、賞金首とは言えないものの街に入ることを拒否される程度には身元が良くない人たちの吹き溜まりらしい。

つまりは、黒に近いグレーな人たちの住処《すみか》だね。

もちろん、真っ黒な人たちもたくさん住んでいるということだ。

荒野には衛兵の詰所もいくつもあって、監視体制は万全。

さらにはウチの冒険者ギルドの支部もあって、賞金稼ぎ系の人たちが出入りしているとのことだ。

まあ、要は賞金首の所在の確証を得た瞬間に、キャンプ地への突入態勢が整っているという風な感じらしいね。

と、それはそれとして、私たちは寝ずの番をやっているわけだ。

まあ、エルフさんが運ばれた先の場所をずっと監視しているって状況だね。

もしも、私たちの仕込みが間に合わずにエルフさんが出荷されたとしたら、臨機応変に動けるようにするということがこの見張りの趣旨だ。

出荷先では酷い目にあうので、その場合は仕込みとか以前の問題で、速攻で動かなくちゃならないからね。

「マリサちゃん、交代です」

「うん、ありがとうシャーロットちゃん」

テントからシャーロットちゃんが出てきたので見張りを交代する。

で、私はテントの中で沸かしたお湯で体を拭いて、下着とシャツを取り換えて……毛布にくるまった。

ヒメちゃんはすぐに私のお腹の上に陣取って、これはいつもどおりなんだけど――。

「フー君おいでー」

いつもならフー君はヒメちゃんと一緒にお腹の上なんだけど、今日はテントの隅で丸まっている。

「……」

「フー君おいでー、こっちおいでー」

「……あのなマリサ？」

「ん？　何？」

「………我が最初の従魔じゃぞ？」

まだ昼間のことを根に持っていたんだね。

仕方ないのでオヤツのクッキーの残りをすべてフー君に差し出した。

すると、尻尾を振ってこっちに来てクッキーを食べ始めたんだけど……。

「分かっておるのかマリサ？」

「だから、ごめんって」

「最初の従魔の我を差し置き、それをヒメヒメヒメヒメヒメと……っ！」

「でもヒメちゃんは赤ちゃんなんだからさー？　フー君は大人なんだから我慢しないといけなくない？」

あ、地雷踏んじゃった。

だって、私の言葉を聞いた瞬間、フー君の目つきがフー君からフェンリルさんになっちゃったんだもん。

「……知らん」

「え？」

「マリサなぞ我はもう知らん！」

と、それだけ言うとフー君は再びテントの隅で丸まって……いや、すぐにこっちに来たね。

どうやら、クッキーを取りにきたみたいだけど……。

「本当の本当に知らんからなっ！」

「……」

見つめ合うこと数十秒。

私が黙っていると、フー君は半泣きになって再度こう言ってきた。

「本当の本当の本当に知らんからなっ！」

「……」

「本当の本当の本当に知らんからなっ！」

「……」

「本当の本当の本当に――絶対に知らんからなっ！　我を怒らせたことを後で悔んでも遅いんじゃからなっ！」

「……」

知らん知らん言うくらいなら、とっととあっちに行けばいいのに。

あー、いや、違うね。

これはただ怒っている感じじゃないね。

うーん……これはアレだ。

怒ってみたはいいけれど、すぐにどうしていいか分からなくなったって感じだね。

で、振り上げた剣を戻す鞘《さや》が欲しくて、かといって自分から頭を下げるにもいかない。

それで、一言私に「ごめん」って言ってもらいたい感じか。

そして、それでも私が黙っていると……「フンっ！」と唸って、結局はクッキーを全部向こうに咥《くわ》えて持って行ったんだ。


深夜――。

寝息を立てていると、もそもそと布団が動いた。

どうやらフー君がこっちに入ってきたみたい。

それで私の股の間に入ってピッタリと丸まって動かなくなった。

「どしたの？」

「……クッキー美味かったのじゃ。それとな、普通……『本当の本当に知らんからなっ！』のところで……引き留めるじゃろ」

もー……。

素直じゃないんだから。

いや、それは私も同じか。

私もそれは途中で気づいていてたけど、イラっときてたからスルーしちゃったしね。

はー、仕方ないね。

うん、ここは私が折れておこうか。

全く……三千年以上も生きているのに子供っぽいんだから。

「ごめんねフー君。フー君寂しかったんだね。これからは私も気を付けるね」

「うむ。分かればいいのじゃ」

もー、本当に素直じゃないねこの子。

「それとの？　マリサ？」

「ん？　なあに？」

「マリサが好きじゃから、我は嫉妬をしたようじゃ」

「うん、そっか。好きでいてくれてありがとね」

「それと……短気を起こした。我もまだまだ青いようじゃ。申し訳ない」

そうして、私たちはそのまま……どちらからともなく寝息を立て始めたのだった。

で、翌日の昼。

昨日に引き続いて、私たちは交代でギーヴファミリーを監視していたんだよね。

そこで、「テメエ等何やってんだ？」と、一人の男が私たちの野営地に乗り込んできた。

あわわ……どうしよう。

仕込みの発動にはまだ時間があるのに、何だか面倒な人に絡まれたみたいだよっ！

と、私があたふたしていると、シャーロットちゃんが助け舟を出してくれた。

「私たちは冒険者なんです！　賞金首の情報が入って、こうして見張りを立てているんです！」

相手は若い金髪の男だね。

そうして金髪男はシャーロットちゃんを見て「ふむ……」と小首を傾げた。

「……どこかで見た顔だな？　なるほど、テメエはギルド長の娘の……？」

「私もどこかで……ああ、貴方はマクレーランさんですね？」

「そういうことだ。侯爵家の七男坊と言えば俺のことだぜっ！」

と、そこでシャーロットちゃんが私に耳打ちしてきた。

「マリサちゃん？　アレはBランク冒険者上位のマクレーランさんなんです」

「え？　貴族の息子なのに冒険者なの？」

「そうなんです。絶対障壁のマクレーランと言えばあの人のことなんです」

「絶対障壁……？」

「マクレーランさんは五感のどれかを一時的に失うことを代償に、窮地に陥っても絶対の防御障壁を張るスキルを持っているんです」

「え？　そんなの無敵じゃん？　どうしてそんな人がBランクなの？」

「障壁を張っている際は自分もピクリとも動けないんです。魔物は諦めて去って行きます。マクレーランさんにとって、冒険者稼業は末っ子放蕩貴族の遊びってことなんですよ」

まあ、遊びで絶対に死なないために、そのスキルを身に付けたってことだろうね。

あるいは、そのスキルを持っているから、遊びとして冒険者をやっている……と。

ともかく、確かに便利そうなスキルではあるよね。

「それでマクレーランさんは侯爵家の放蕩息子のお気楽な立場なんです。ちなみに冒険者ギルドでの評判は最悪です」

そこまで喋ったところで、マクレーランさんは苛立ったように私たちを睨みつけてきた。

「何をコソコソ喋ってんだよ？」

「えーっと……まあ、色々とありまして」

と、その時、マクレーランさんは私とシャーロットちゃんにマジマジと視線を送ってきたんだよね。

そうして、ひゅうと口笛を吹いてこんなことを言い始めた。

「ほう、よくよく見れば……これはとんでもない上玉じゃねえか」

と、私の所に歩いてきたんだよ。

そして、私の眼前まで迫ったところで――シャーロットちゃんの所に方向を急転換した。

「あっちのチビは胸がないから守備範囲外だ。こっちのはやはり上玉だな」

と、そこで私はズコっとコケそうになった。

あの感じだと絶対に私に絡んでくると思ったのに、これは予想外だよっ！

っていうか、胸なの!?

やっぱり男の人って胸が重要なの!?

くっそ……もうアッタマきたよ！

「シャーロットちゃんに下品なことを言わないでくださいっ！」

私が睨みつけると、マクレーランさんはやれやれと肩をすくめた。

「何だよ？　俺に見染められなかったからって嫉妬か？」

誰が嫉妬するかっ！

「確かにお前は……顔は目を剥くほどに可愛らしいが、少しガキっぽさが酷い。後、胸が寸胴だ。やっぱり残念ながら守備範囲外だな」

ボロカス言ってくれるねっ！

もう、こんなの本当にアッタマきちゃうよっ！

と、そこでシャーロットちゃんが間に入ってきた。

「私はギルド長の娘なんです。侯爵家の貴方といえども、領地を取り上げられた今……好き勝手に振舞うのはリスクが過ぎますよ？」

ギルド長との言葉を盾に使ったと同時、マクレーランさんは苦虫を噛み潰したような顔を作った。

お？

どうやらギルド長さんっていうのは、やっぱりそこそこ偉いみたいだね。

何せ、侯爵家の七男坊を相手にして抑止力になる程度の力を持っているんだから。

「ともかく、テメエ等の仕事は終わりだ。要はテメエ等は賞金首狩りをやってんだろ？」

「うん。そうなりますね。でも、どうして仕事が終わりになるんですか？」

「ギーヴファミリーと俺は仲がいい。死にたくなければ……あのキャンプ地を見張るなんざ止《や》めることだな」

うおおおっ！

そうじゃないかなとは思っていたけど、公然と犯罪者集団とのつながりを認めたよっ⁉

これは予想外過ぎる展開だ！

「マクレーランさん？　それは貴方個人としての言葉なんです？　それとも……侯爵家としての？」

「個人としてだ。そもそも……俺の親父はこの前の事件で死んじまったしな」

ああ、なるほど。

この人はイヴァンナちゃんを使って色々企んでいた人の息子さんなんだね。

「理由も告げられずに領地を奪われ、俺は奈落の底に突き落とされて、今じゃチンピラと一緒に金稼ぎをやっている。はは、笑いたければ笑えばいい」

まあ、そういうことなら話は分かる。

今から私たちが見張っているキャンプ地に行って、この人は何か悪いことをするんだろう。

そうなると、当然……ギルド所属の私たちが目障りなのは当たり前だよね。

で、シャーロットちゃんはしばし何かを考えて、キリっとマクレーランさんを睨みつけたんだ。

「断ると言ったらどうするんです？」

「ああ、お前な？　誰を相手にしてそんな生意気な口を叩いてんだ？　俺は冒険者として一流のＢランクなんだぞ？　舐めてんのか？」

「……」

「俺様を相手にして、よくもまあそんな舐めた口がきけたもんだなっ!?　死人に口なしって言葉を知ってるか？　つまり、テメエ等みたいなド腐れのド平民なんざ……殺したとしても闇から闇ってことだよ！」

うわァ……殺害・隠蔽宣言まで出ちゃったよ。

シャーロットちゃんも何があってもいいように剣に手をかけているし……。

ってか、いい加減に頭にきたよ。

うん、右ストレートからのアッパーカットで行こう。

と、私が一歩前に出ようとしたら――

「マリサちゃん、待ってくださいなんです」

と、シャーロットちゃんが再度の耳打ちをしてきた。

「え？　これでも我慢するの？」

「……そうなんです。昨日、私たちは何のために仕込みをしたんです？」

と、そこでフー君がシャツの中でもぞもぞと動いた。

「マリサ、どうやら来たようじゃぞ。あと……数分で始まる」

よし、そういうことならば……と、私はニカリと笑った。

そうして、私たちは頭を深々と下げて、許しを請うように弱々しく、恐れ入ったという風な声色を作る。

「も、も、も、申し訳ありませんでした！　い、い、い、今すぐ私たちはこの野営地を引き払いますっ！」

すると、マクレーランさんは満足げに頷いたんだ。

「分かればいいんだよ。下民ごときは最初から俺の言う事を聞いてりゃいいんだ」

いや、まあ……お父さんの侯爵さんはもう亡くなっちゃってるみたいだけどね。

しかも七男さんってことだし、現状……大貴族として振舞うのもどうかと思うよ。まあ、どうでもいいけど。

そうして、カッカっと笑って、マクレーランさんはギーヴファミリーのキャンプ地へと向かっていったのだった。

で、私たちは本当に野営地を撤去しながら、マクレーランさんの背中に向けてニヤリと笑った。

だってあの人、とんでもない事が起きるとも気付かずに……大爆弾の炸裂する中心部に向かっていったんだから。


で、それから数分が経過して——

「遂に来たね」

私の言葉に、シャーロットちゃんがうんと頷いた。

と、いうのも遥か荒野の地平線の先に……ケルベロスさんが見えたのだ。

彼女が引き連れているのは……配下の魔獣。

時間が経つにつれ、見える範囲に一体、そしてまた一体と犬型の魔獣が増えていく。

と、いうのもこれも当たり前の話なのだ。

——だって昨日、森でフー君の友達のケルベロスさんにお願いしたんだもんねっ！

そもそも今回は、私や従魔が表立って動けないということなんだ。

ならば他の人に動いてもらおうと、つまりはそういうことなんだよね。

ケルベロスさんは森の民であるエルフとも同盟を組んでいるとのことで、人さらいの報復の動機としては十分。

それと、私とケルベロスさんのつながりについては、一応外には広まっていないことになっている。

『ケルベロスさん！　悪い連中を懲《こ》らしめてやってくださいっ！　それはもう全力でいっちゃってくださいっ！　相手はめっちゃ悪いやつらなんでっ！』

『ほいさ。それならば派手に行こうかね！』

ってな具合での即決だった。

それで、昨日から時間がかかったのは、ケルベロスさんが手勢を集めに周辺の森にいっていたからなんだ。

そして現在――。

ドドドっとケルベロスさんが猛烈な勢いでこっちに走って来てて、追従する魔獣は十、二十、三十とどんどん増えていく。

ふふ、本当にどんどん増えていくね！

さすがは森の王の手勢だ！

この数は頼もしいったらありゃしないっ！

それで、更に四十、五十、百、二百、三百と……どんどん増えていっている。

ふはは、圧倒的ではないか我が軍は――


――って多すぎないっ⁉


そうして、いつの間にやら地平線はモフモフたちの黒色やら灰色やら茶色やらで染まっていって……その数は千を優に超えた。

赤茶色の荒野が、色とりどりの色の巨大ワンちゃんやら巨大ネコちゃん……他には虎さんとか。

ともかくそんな感じの色とりどりのモフモフたちの色彩で、荒野がずんどこ埋め尽くされていく。

これ、もう……手勢ってレベルじゃないよ！

軍だよ！

軍団だよ！


――モフモフ軍団だよっ！


「え―――⁉　どういうことー⁉」

私の叫びに続いてシャーロットちゃんも叫んだ。

「すごいんです！　これはどういうことなんですっ!?　うわ、うわ……はわわーっ！」

「フ、フー君？　これってどういうこと!?」

そうしてフー君はドヤ顔で胸を張ってこう言った。

「マルムの森だけでなく、周辺の狼族と多頭族……更には他の魔獣の全てを結集させたようじゃな。のう、マリサ？　お前はもう少し、自分の凄さを自覚した方がいいぞ？」

「っていうと？」

「そもそもマリサは神狼である我を従えているのじゃぞ？」

「ふむふむ」

「我はマリサの加護を得て、かつての力より1ランク上がった。その前の状態ですらケルベロスとは……盟友。森の王の座を争っておったのじゃ」

「うんうん」

「そして神獣王の娘であるヒメも使役しておるのじゃぞ、そりゃあまあ凄かろう？」

「まあ、そうかもしんないね」

「さらに、マリサよ？　お主は以前、古城で人間から森の子等を救った。人間であるお前が……人間と争い、そして森の子等を救ったのじゃぞ？　森の魔獣は義理堅い。ケルベロスはお前には返しても返しきれぬ恩があるのじゃ」

「へー、そういうことになっちゃうんだね」

「そして、お主はケルベロスに全力をもって助けてほしいと依頼し、ケルベロスはそれに応じた。つまり——」

「つまり？」

「マルムの森に生きとし生ける魔獣、その全てがケルベロスに呼応し、更に言えば森の旧《ふる》き盟約に従い……周辺の魔獣もじゃ。その全てが、命を賭した決死の覚悟にてここに集まるは必然。何せマリサ……お前は——」

「私は？」

「奴等の中では神同然なのじゃからな」

「えー！　知らない間に私……モフモフ神になっちゃってたのっ!?」

「真祖の吸血姫も仲間じゃしな。実際問題……強さ的な意味では神の領域じゃ」

と、まあそれはさておき、千や二千でも全然きかないよコレ。


——五千くらいいいるんじゃない？


いやはや……壮観。

荒野を埋め尽くす、見渡す限りのモフモフ……。

で、私があまりの事態に恐れおののいていると——

「何だ何だ騒がしいなっ！　って、えええええええっ!?」

キャンプの見張りに立っていた、山賊っぽい人が顔面を真っ青にして叫んでいた。

「騒がしいってお前の声がうるせえんだろ？　こっちは徹夜の見張り明けで眠たいんだ。まったく静かにしやがれって……えええええええっ!?」

テントから出てきた男の人も叫びだした。

「お前ら本当にうるせえなって……えええええええええええええっ!?」

スキンヘッドの男の人は叫びながら腰を抜かした。

「お前ら？　何をそんなに驚いているんだ？　まあ、どうせいつものくだらない悪戯《いたずら》の余興か何かだろ？　そんなので俺は驚かな――えええええええええええええっ！」

いや、そりゃそうだろう。

もう、ほとんど軍みたいな勢いの大量のモフモフが……物凄い勢いでこっちに来てるんだから。

で、キャンプ地はてんやわんやの大騒ぎになった。

金目のモノを持って逃げる者……いや、魔獣に足で勝てるわけないよね？

まあそんなことも分からないくらいに混乱してたんだろうけど。

他には、武器を持ってささやかな抵抗を試みようとする者。

ただただその場で跪《ひざまず》いて神に祈りを捧げる者……まあ、外道に神の慈悲はないだろうけどね。

と、それぞれが色んなリアクションをしているその時、先頭を走っているケルベロスさんが大きく跳躍したんだ。

ドシーンっ！

重低音と共に、ケルベロスさんはピンポイントで山賊さんたちのリーダーっぽい人の前に着地する。

「悪党の最期はロクでもないってのは昔からのお決まりさっ！　まあ、安心するさね……アタイも鬼じゃあない。あんた等の信じる――神への最後のお祈りの時間くらいは待ってあげるさっ！」

うう……ケルベロスさん……目が怖いよ。

昨日会った時、私や魔獣の子供たちの前では物凄くニコニコしてて優しい雰囲気だったのに……。

――今は野性味半端ないよっ！

そうして、震えて固まる山賊にリーダーに対して、ケルベロスさんは唸り声と共にタンカを切った。

「さあ外道っ！　神への懺悔《ざんげ》は終わったかい？」

「ひ、ひ、ひいっ！　何が、何が、どうなってんだっ！　ケルベロスが……な、な、何でこんなところにっ!?」

リーダーっぽい人の疑問には答えずに、ケルベロスさんは唸り声をあげる。

と、その瞬間「ビクっ！」と、リーダーっぽい人は背筋を硬直させ、その場で固まってしまった。

「フー君？　アレは？」

「覇王の威圧じゃよマリサ」

「ふむふむ。つまり？」

「雑魚は強者の前でビビって固まるのじゃ」

「その説明分かりやすい！」

で、ケルベロスさんは頭から山賊のリーダーさんをバクリと行った。


「ぐぎゃあああああああっ！」


そうして、続けざまに周囲の山賊たちに睨みをきかせる。

「さあ、アタイたちの盟友であるエルフ――森の民に喧嘩《けんか》を売った罪……その体で払うといいさねっ！」

その言葉と同時に、モフモフ軍団が一斉にギーヴファミリーのキャンプに突撃した。

と、いうか……モフモフの大河にキャンプが飲まれた。


「あのー！　みなさーんっ！」

赤色、茶色、黒色、黄色。

色んな色のモフモフたちでキャンプ内が埋まっていく。

「できればー！　できればですけどー！」


いや、これはもう埋まるとかじゃなくて、波だね。

いや……津波だね。

獲物の上に、モフモフが馬乗りになって、そこにモフモフが群がって、モフモフの上にモフモフが乗って、もう完全におしくらまんじゅう状態。

っていうか、津波ですらない。

これはもうタワーだね。モフモフタワーだね。

で、塔の下にいる獲物というのは当然……山賊さんなわけで。


「みーなーさーん！　殺さない方向でー！　懲らしめる方向で――！」


あ、モフモフタワーの最下層で……何か血が舞ったような……っ!?

ぶちゃって鈍い音も……鳴ったような？

いや、何かが潰れたような感じなんだけど……気のせい……気のせいだよねっ!?

「みーなーさーん！　既に殺しちゃったのは仕方ないにしても、これからはできるだけ殺さない方向でー！」

「ぎゃあああ――はびゃっ！」

「やめてやめてやめてー！　頭、頭はダメ――ぎゅっ！」

「お、お、重い、潰れる、潰れるから！　潰れる――はぶしっ！」

ダメっ！

モフモフたち全員の……目が怖いっ！

そうして、説得を諦めた私は耳に手を当てて、体を丸めてただひたすらに自分に言い聞かせ始めた。

「私は悪くない私は悪くない私は悪くない」

「マリサちゃん？　この状況を作ってしまったことに……まさか責任を感じて……？」

シャーロットちゃんが何かを言ってきたけど……。

眼前の阿鼻叫喚の地獄絵図に、頭がぼんやりとして、何言ってるかもよく分かんない。

だから……私はただ、ひたすらにブツブツと呪文を唱える。

「私は悪くない私は悪くない私は悪くない」

そう。

ただただ、ひたすらにブツブツと私は呪文を唱える。

「私は悪くない私は悪くない私は悪くない」

よし、頭スッキリ！

そうして立ち上がり、晴れやかな表情と共にギュっと拳を握りしめて私は天に向けて突き上げた。

「うん！　私……悪くないっ！」

「切り替え早いですねっ!?」

晴れやかな表情を浮かべる私に、シャーロットちゃんが猛速でツッコミを入れてきたけど気にしない。

だって私悪くないもん！

「いや、そもそもこの人たちって滅茶苦茶悪い人なんでしょ？　衛兵に捕まれば死刑クラスのさ？」

「まあ、そりゃそうですね」

「ほらっ！　やっぱり私悪くないじゃんっ！」

まあ、とはいえ……モフモフ軍団のみんなは……どうやら張り切りすぎちゃってるみたいだけどね。

うう……フー君絡みのモフモフさんたちは……どうしてこんなにワイルドなんだろうか……とほほん。

そうして――。

エルフさんたちが隔離されていると思われるテントを除いて、後にはペンペン草も残らなかった。

全てがぐちゃぐちゃで。

全てが破壊されていて。

そして、見える景色の全てがモフモフだった。

巨大ワンちゃんが超たくさん。

巨大ネコちゃんも超たくさん。

そして、やっぱりその誰しもの目が怖かった。

あわわ……と、やっぱりさすがの私も大変なことになっているこの状況にドン引きしていると——

「ふははっ！　ふはははっ！　どうしたどうした雑魚共がっ！　俺様に傷ひとつつけられねえじゃねえかっ！　ははっ！　ケルベロスといえども所詮は犬っころだ！　俺に傷はつけられねえっ！」

「くっ！　何て硬さなんだいっ!?　これは……スキル：絶対障壁っ!?」

「ははっ！　はははははーっ！　俺様に傷をつけたいなら神話級の攻撃手段でも用意しなっ！」

見ると、ケルベロスさんに咥えられたマクレーランさんが高笑いをしているところだった。

「おうおうケルベロスさんよっ！　これだけの騒ぎだぜっ!?　一日二日もすれば国軍がここに押し寄せる！　それまで耐えれば俺の勝ちだなっ！」

「卑怯者っ！」

「卑怯!?　何が卑怯なんだっ!?」

「絶対障壁のスキルは防御力が絶対になる代わりに、戦闘中に自分からは一切動くこともできないさね。しかも術式を発動している間は代償として五感のどれかすらも失う……今回は目さね？」

「だから、何が卑怯なんだ？」

「アンタもそこそこの力を持つ武人に見える。なら……尋常に勝負したらどうなのさっ！」

「あいにくだがな？　俺は武人である前に冒険者、そして冒険者である前に貴族……侯爵家なんだよっ！　危なくなったら戦わずして傷つかずにやりすごすこと……そして、後に権力を駆使しての報復こそが俺の真骨頂よっ！」

いや、侯爵家はお取りつぶしになったみたいな話じゃなかったっけ？

まあどうでもいいけどさ。

「……確かにこの絶対障壁にはアタイでも歯が立たないさね……」

「さあ、じきに国軍がやってくるぞ？　それまでに散会しなければ貴様らも不味いことになるぞ？　ははは！　はははははーっ！」

「いっそのことアンタを飲み込んでしまおうかね」

「それをすれば、貴様の胃の中で術式を解いて、無傷で内臓内部に侵入した俺が大暴れすることになるがいいってのか？」

「くっ……！」

「ははは！　所詮は浅知恵……いや、犬知恵だっ！　ははは！　はははははっ！」

「減らず口ばかりさね……目じゃなくて口の機能を失っていれば良かったのに……クソっ！」

と、まあそんな感じでケルベロスさんは苦虫を噛み潰したような顔を作っていた。

そうして私はケルベロスさんの耳元に近づいて、ひそひそ話を開始したんだ。

「ケルベロスさん、五感の代償は口じゃなくて目でいいんだよ？」

「ん？　どういうことさね？」

私は、今からマクレーランさんを全力で殴るから！　とのジェスチャーをケルベロスさんにした。

するとケルベロスさんはすぐに理解したらしく、うんうんと半笑いになって頷いて――

「ふふ、しかし、アンタはケルベロスを舐めすぎさね」

「どういうことだ？　事実、テメエは俺に傷をつけられちゃいねえ」

「いいや、ケルベロスには奥義があるさね」

「奥義？」

と、そこでケルベロスさんは私に「やれっ！」とばかりに視線を送ってきた。

「ふふ、これぞケルベロスの奥義さね――っ！」

奥義？

ああ、そういうことね。

ケルベロスさんが攻撃したという風にして、代わりに私が全力パンチってことだねっ！

「さあ、侯爵家！　食らいなっ！　これが森の獣の怒りさっ！　最終奥義――」

そうして、ケルベロスさんはしばし押し黙り、大きく大きく息を吸い込んでこう言った。

「肉球☆全力ネコぱーんちっ！」

すごく可愛らしい名前の技だねっ⁉

まあ、私の拳は爪撃という設定では無理があるので、これはナイスアシストなのかもしれない。

私は拳を握りしめ、今からボールを全力で遠投しますよとばかりに、これでもかと振りかぶる。

そして振りかぶって振りかぶって、力をタメてタメてタメてタメてタメて――

「とりゃああああっ！」

メキリ。

私の拳は瞬時にマクレーランさんの絶対障壁を突破したようで、その鼻骨が粉砕された感触が伝わってくる。

「ぐ、ぐ、ぐぎゃあああああああっ！」

ブオンっ！

そのまま私は思いっきり拳を振りぬいて――

――キランっ☆

そしてマクレーランさんは「ぎゃあああああ」と、小さくなっていく叫び声と共に荒野を突きぬけて、森の彼方《かなた》へと共に消えていったのだった。

◆

そうして――。

ケルベロスさんたちは帰っていった。

っていうか、ケルベロスさんも役者だね。

目立ってはいけない私たちが絡んでいるってことを悟らせないように、あくまでも森の魔獣とギーヴファミリーとの喧嘩っていうことにしてくれたよ。

で、ようやくこれにて一件落着……ということだったんだけど――

「ねえマリサちゃん？　これって何だと思うんです？」

今、私たちがいる場所はケルベロスさんが去り際に「お土産」を置いてきたと言ってた場所だ。

で、そこには小石で小さな山ができていたんだよね。

「これは……星の石？」

見ると、そこには大小の星の石が転がっていて……はてさて、どういうことなんだろうね？

そこでシャーロットちゃんがポンと掌を叩いた。

「マリサちゃん？　昨日……ケルベロスさんにお願いしてませんでしたっけ？」

あ、そういえば「ついでだから星の石見つけたらちょうだい」って言ってたんだっけ。

で、律義《りちぎ》に行軍の最中に数千規模のモフモフさんたちが……荒野で見つけてきた……と。

「星の石って高価なんだよね？」

「……そうなんです」

「……」

「マリサちゃん？　どうするんですこれ？　一トンくらいありそうですよ？　物凄い量ですよ？」

「……私持てるから大丈夫！　力なら自信あるからっ！」

「そういう問題じゃないんです！　どうやって色々とお父さんに説明するんですか！」

ですよねー。

買い取りしてもらうにも、ギルド長さんに説明できないよね。

でも、高価なものだし、ケルベロスさんたちの善意によるプレゼントだし——

——捨てる訳にもいかないよね。

そうして、私たちはギルド長さんにどうやって顛末を報告しようか、帰り際に頭を悩ませた。んでもって、結論だけ言うと二人とも思いっきりゲンコツを食らった。

chapter
2

ルイーズの結婚とドラゴンの里

その日――。

私とシャーロットちゃんは街のお洒落《しゃれ》なカフェにいた。

つまりは、朝ご飯を食べてお茶を飲んでいたんだよねー。

で、最近シャーロットちゃんは、お洒落女子に興味があるようなんだよね。

お洒落な服は当然として、お洒落カフェとかお洒落小物店とかにも興味あるみたいなんだよねー。

今のところ私は、お洒落というか可愛いものとか食べ物にしか興味ない。

なので、シャーロットちゃんのそういうところを見ると大人だなーとか思っちゃったりする。

「うわー！　このパンケーキ……クリームたっぷりで美味しいね！　シャーロットちゃん！」

「はい、美味しいです！」

「このコーヒーも甘くて美味しいね！」

「はい、美味しいです！」

「このデザートのパフェも爆盛りで美味しいね！」

「ふふ、マリサちゃんは本当に甘いものが好きですね」

と、そんな感じで私は盛りのいい系統のメニューばかりを食べている。

だけど、シャーロットちゃんはお洒落女子らしく、滅茶苦茶ミニマムなサイズのメニューを食べているんだよ。

そういうところを見ていると、やっぱり色々と思うところはある。

まあ、それでもまだまだ私には、お洒落女子という新たなステージはあんまり興味が持てない分野ではあるんだけどさ。

「シャーロットちゃん全然食べてないよね？　それで足りるの？　追加する？」

「マリサちゃんの食べる姿を見てるだけでお腹一杯なんです」

「ふーん」

と、まあそんな感じでシャーロットちゃんはニコニコ笑顔だ。

だけど、食事も進んで最後の紅茶を飲み終えたところで、急に彼女の表情が暗くなった。

「あの……マリサちゃん……今日お呼びしたのはルイーズさんのことなのですが……」

「ん？　どったのシャーロットちゃん？」

「実は私……ルイーズさんが怪しいと思っているんです」

「ルイーズさんが怪しい？　どういうこと？」

「ルイーズさん……お金が……無いと思うんです」

「バカ言っちゃいけないよシャーロットちゃん。ルイーズさんは伯爵令嬢だよ？　髪の毛も縦ロールなんだよ？　あれでお金がないないいんてありえないよ」

「それで私、気になって色々と調べたのですが……」

「ふむふむ」

「公衆浴場で毎日湯浴《ゆあ》みをしているルイーズさんの目撃情報を小耳に挟んだんです」

「ん？　公衆浴場？　そんなの普通なんじゃないの？」

まあ、駆け出しの冒険者とかで……安い宿に泊っている人が、お風呂が施設内に無いってことで行くところだけどさ。

でも、それは冒険者っていう、そこそこ以上の高給取りの基準であって、この街では八割くらいの家にはお風呂はないんじゃないかな？

「いえマリサちゃん。ルイーズさんは伯爵令嬢ですよ？　お貴族さまですよ？」

「えー。でも、お貴族さまでも平民のことを知る勉強というか、そういうので体験として……ってのも無いことはないんじゃない？」

「それとルイーズさんはこの街でダントツに安い食材のスルメを……賞味期限ギリギリで安く大量に買っているという情報が……」

「まあ、ルイーズさんはスルメ好きだからね。たまにスルメのスメルが漂ってるくらいだし」

「ですが、お貴族さまですよ？　スルメですよ？」

「だから、好きなんでしょう？　スルメがね」

「他にもギルドの依頼の時、いつも山菜を採取して持ち帰っていますし」

「まあ、ルイーズさんは山菜好きだからね」

「お貴族さまですよ？　普通、山菜を持ち帰りますか？」

「いや、だから採れたての山菜が食べたいんでしょ？」

「むー。どうやったらマリサちゃんはこの異常性を分かってくれるのか。そもそも貴族が冒険者をやってお金を稼いでいるなんておかしいんですよ……」

と、その言葉で私は「はっ！」と息を呑んだ。

「……ホントだ！　そうだよ！　確かにそうだよ！　そんなの絶対おかしいよ！」

で、私の言葉を聞いたシャーロットちゃんは驚愕の表情を浮かべた。

「そんな根本的なところに今まで疑問を持ってなかったんですか!?」

言われてみれば確かにそうだ。

っていうか、何で今まで気づかなかったんだろう？

でも、確かにそう考えると色々とおかしいところはあったよね。

お貴族さまなのにお茶会が妙にショボかったり、しかも平民の私たちから会費も取ってたりとか。

と、そこでシャーロットちゃんは深い溜息をついた。

そうして、改まった顔で私に真剣な眼差しを向けてきたんだ。

「それで……私が心配していることはですね……実はルイーズさんには悪い噂もあるんです」

「悪い噂？」

「ルイーズさんの目撃情報なのですけど……大商会の若旦那みたいな人と一緒に歩いている姿が確認されているんです」

「ふむふむ」

「大商会の若旦那みたいな人と一緒に食事をしたり、家に行ったり……」

「うんうん、それで？」

「それで一緒に下着を買ったりしていたとの情報まであるんです」

「どうでもいいけどシャーロットちゃんの情報網って凄いよね。ストーキングでもしないとその情報は中々得られないと思うよ」

「まあ、そこはギルド長の娘なので」

何の説明にもなっていないような気がする。

いや、でも確かにギルドは……討伐対象とか賞金首の目撃情報とかだけでもお金になるケースはあるよね。

「それで、結局どういうことなのシャーロットちゃん？」

「大商会の若旦那みたいな人とルイーズさんは……あの、その、えと……」

ん？

シャーロットちゃんの頬が赤く染まってきたよ？

はてさて、これは一体全体どういうことなんだろうか？

「うう……とっても言いにくいことなんですが……えと……その……」

そうして、シャーロットちゃんは耳まで真っ赤にしてしまった。

そのまま、シャーロットちゃんは涙目になって恥ずかしそうにこう言ったんだ。

「これって……え、え、え、援助交際じゃないでしょうか⁉」

「援助交際っ！」

「そうです！　ルイーズさんはおっぱいが大きいですし！　美人さんですし！」

「確かに……おっぱい大きいし、美人さんだね！」

で、真っ赤な顔のシャーロットちゃんに私は小首を傾げてこう尋ねたんだ。

「ところで援助交際って何なのシャーロットちゃん？」

ズルっと椅子から転げ落ちそうになるシャーロットちゃんに、私は更に小首を傾げる。

すると、今まで一部始終を黙って聞いていた肩の上のフー君が……深い溜息と共にこう言ったんだ。

「マリサは知らんでいいことじゃ」

「えー、でも、さすがにサッパリ分からない状態だと色々不味くない？　パーティーのメンバーの話だし」

「うーむ……では、少しだけ説明しようか」

「うん、お願いするよ、フー君」

「つまりは、いかがわしいことをして……それでお金をもらうのが援助交際じゃということだけ覚えておけばいいのじゃ」

「うーん……。いかがわしいことと言われても、どうにもしっくりこないね」

「じゃあマリサよ。こういう風に考えるといいのじゃ。まず、ルイーズがバニーガールの服を着るバイトをしているとする」

「バニーガールっ!?　うわぁ……何だかとってもいかがわしい感じがしてきたよ！」

「そうして、冒険者の集まる酒場でお酒や食べ物を運ぶ仕事をしているとする」

「ふむふむ」

「酒場の男たちはルイーズの太ももや胸元を見るわけじゃ。それはそれは凝視するわけじゃ」

「とっても……とってもいかがわしい感じがしてきたよ！」

聞いているだけでドキドキしてきた。

何だか顔も熱くなってきたし、シャーロットちゃんが顔を真っ赤にしていた理由がよく分かるよ。

「更に言えば、お酒を運んだ時に、ちょっぴりお尻をナデっとされたりするわけじゃ」

と、そこで私はバンとテーブルを両掌《りょうてのひら》で叩いた。

「十八歳未満がそんなバイトしちゃダメだよ！　そんなの絶対良くないよ！」

その言葉でフー君はうんうんと頷《うなず》き、シャーロットちゃんは何だか微妙な表情を作っている。

「ま、まあ認識としてはそれでいいと思うんです」

「ともかくシャーロットちゃん！　それはいけないよ！　今すぐ止めないといけないよ！　お金に困ったからって十八歳未満が……そんないかがわしいことを！」

「今すぐ止めるんですか!?」

「とりあえずルイーズさんの後をつけて、現場を押さえてから説得しよう！　いかがわしいのは絶対良くない！」

「つまりは尾行ですね！」

「そうだよ！　尾行しよう！　まずは援助交際の現場を押さえよう！」

と、まあそんなこんなで――。

私たちはルイーズさんの行動調査をすることになったのだった。

◆

その日は暁の銀翼の定期会合があったんだよね。

まあ、受ける依頼を決めたり、一緒にお昼ご飯食べたり、世間話をしたりする時間ってことだね。

それで解散した後に、私たちはこっそりとルイーズさんの後をつけることにしたんだ。

ちなみに今回は前世さんに全面協力をお願いしている。

つまりは、透明化と気配消しと音声遮断の魔法を施してもらっているってことだ。

そうして尾行を始めてしばらく経って、シャーロットちゃんが驚愕の表情になってその場で叫んじゃったんだよ。


「ほ、ほ、ほ、本当に援助交際な感じなんです！」


見ると確かにそこには異常な光景が広がっていた。

と、いうのも……。

・大商会の若旦那っぽい人
・その執事の男
・ルイーズさん

こんな感じで、何だかよく分からない組み合わせの三人が……女性向けの下着屋さんに入っていくところが見えたんだ。

「ど、ど、ど、どうして女性の下着屋さんなのかな⁉　シャーロットちゃん⁉」

「え、え、え、援助交際ですからね！」

「援助交際ってそういうもんなのっ⁉」

「そういうものです。大商会の若旦那っぽい人の……趣味の下着を選ぶんじゃないでしょうか⁉　そういうのが……着せてみたいんじゃないでしょうか？」

「えええええ⁉　え、え、え、援助交際って、ひょ、ひょ、ひょっとして……し、し、し、下着を見せるの⁉　ば、ば、ば、バニーガールよりも遥かにいかがわしいよ！」

と、私はあまりの驚愕の事態に恐れおののいてしまった。

そして、ほどなくして下着屋さんから出てきた三人は、そのまま高級住宅街の方に歩き始めたんだ。

で、ルイーズさんと言えば……今すぐにでも吐き戻しそうな嫌悪感丸出しの表情をしている。

眉間に皺《しわ》を寄せてるし、不機嫌なばかりか顔色も悪くしちゃっている感じだ。

まあ、誰がどう見ても、物凄く嫌そうな感じってところだね。

「ど、ど、どこに行くんだろうねシャーロットちゃん？」

「しょ、しょ、しょ、商会の若旦那っぽい人の家じゃないですかね？　とりあえずこのまま尾行して覗き見しましょう！」

「うん、ルイーズさんが本当に嫌そうな感じだったら殴り込みの感じでいこう！」

と、そこで私はシャーロットちゃんの様子がおかしいことに気づいた。

どうにも、さっきから顔を真っ赤にして鼻息も荒いような気がする。

「覗き見……でも、これは決して悪いことではないんです。仲間のピンチを思ってのことなんです！」

うーん。

こんなこと言ってるけど……覗き見にちょっぴり興味ありそうな感じがするよね。

と、そんな感じで私たちは三人の後をつけはじめた。

すると、かれこれ十分ほど歩いた後で、大商会の若旦那っぽい人の邸宅に、三人は吸い込まれていったのだった。


で、私たちは大邸宅の庭の樹木に登り、窓の外から室内の様子を覗《うかが》っていたんだけど――

「もっとだ！　もっと私を……軽蔑してくれっ！」

大商会の若旦那っぽい人が、室内でそんなことを叫んでいた。

ちなみに若旦那っぽい人は自分の服の上から女性ものの下着をつけてて、見た目的には大変なことになっている。

「ルイーズ嬢！　そんなことで坊ちゃまが満足するとお思いか!?　もっと冷たい瞳で！　汚物を見るような感じで！」

で、眼鏡をかけた執事の人がルイーズさんにそんな罵声を浴びせていたんだ。

ちなみにルイーズさんはバニーガールの恰好にもなってないし、下着姿にもなっていない。

普段通りの服装だ。

「どういうことなのシャーロットちゃん!?　大商会の若旦那っぽい人は……どうして服の上から女性向けの下着をつけているの？」

「これが……噂に聞くところのアブノーマル……つまりはマニアックというやつなのでは？」

「マニアック？　アブノーマル？　どういうことなのフー君？」

「それは本当にマリサは知らんでもいいことじゃ。欠片《かけら》も知る必要もないことじゃ」

まあ、ともかく安心したよ。

さっき買っていた女性ものの下着は、大商会の若旦那っぽい人が着用する用の下着だったんだね。

ルイーズさんが下着を見せて恥ずかしい思いをするみたいな……そんなことにならなくて本当に良かったよ。

そんな感じで一安心していると、部屋の中のテンションは更にクライマックス状態になっていっているようだった。

「さあルイーズ嬢！　もっと坊ちゃまを汚物を見るような目で……冷たい瞳で凝視するのです！」

「……」

「もっとですルイーズ嬢！　もっともっとです！　没落貴族令嬢を洒落にならない金額で爵位丸ごと買い取ったのに、指一本すら触れさせてもらえない……かといって無理やりの度胸も無い！　そんな情けない坊ちゃまの自虐感をそそらせるようにっ！」

「……」

「その調子です！　もっと坊ちゃまに冷たい視線を！」

「……」

「エクセレントです！　ルイーズ嬢！」

私たちは……何を見せられているんだろう。

何か、ただ……変態っぽい大商会の若旦那を、ルイーズさんがただただ嫌そうな感じで見ているだけの状況なんだけどさ。

と、私がゲンナリとしながら溜息をついた。と、その時——


——フー……っ！

——フー……っ！

——フー……っ！

獣のような荒い鼻息に、何事かと私は視線をシャーロットちゃんに向ける。

すると彼女は顔を真っ赤にして、鼻息を荒くして――

――食い入るように室内を見ていたのだった。

◆

と、まあ――そんなこんなで。

とりあえず、ルイーズさんは凝視以外はさせられていなかった。

いかがわしいことをさせられている感じはなくて、私的には一安心ってところだね。

いや、変態の相手をさせられているってことだけは何となく分かったので、安心していいのかどうかは疑問だけれども。

だけど、イマイチ事情が掴めないんだよねー。

どうして伯爵令嬢のルイーズさんがお金がなくて、変態さんの相手をしているのか……？

なので、こうなったらもう直接聞こうということになったのだ。

そうしてギルドの食堂で、私たちはルイーズさんも入れて一緒に晩ご飯を食べることになったんだけど――

「で、あの人は何なのルイーズさん？」

するど、ルイーズさんは「バレたか……」とばかりに肩をすくめた。

「覗き見していたのですか？　まあよろしいです。つまりアレは――婚約者ですわ」

その言葉で私とシャーロットちゃんは思わず顔を見合わせてしまった。

「こ、婚約者!?　アレが!?」

「ええ、本当は私が罵声を浴びせたり踏んづけたりする方がいいみたいなのですがね。今のところは冷たい視線が限界です」

その言葉でシャーロットちゃんは顔を真っ赤にした。

それで「ルイーズさんは大人なんですね……」との言葉と共に、ちょっぴりモジモジしながら黙り込んでしまったんだ。

「やっぱり、あの大商会の若旦那っぽい人は変態さんってコトなのルイーズさん!?」

「そうでございますね。本当に……とんでもない変態で困っているところなのです」

「でも、どうしてそんなコトになっちゃったのかな？」

「実はですね、私の実家は……大変なことになっているのです」

「ん？　大変なこと？」

「お父様が事業に失敗しましてね。屋敷から領地から何から何まで借金のカタに持っていかれたのでございますわ。そうしてお父様は蒸発し、お嬢様育ちの私は苦労しました。ぶっちゃけますと、今……私は馬小屋に住んでおりますからね」

「……馬小屋っ!?」

「そうして貴族の爵位までもが借金のカタに取られてしまいましてね。つまりは……伯爵という地位はさきほどの成金息子の父親に買い取られたという形でございます」

「でも、どうして婚約者になっちゃうの？　爵位が売れたって話だったら、もうそれはそれでいいじゃん？」

「貴族というのは血統主義ですからね。爵位の譲り元の血を……つまりは私を譲り先に嫁がせる必要があるのです」

「なるほど。それでルイーズさんは爵位付きで嫁いでいくことになったんだね」

「まあ、そういうことでございますわ」

「ちなみに……借金はどれくらいなんですか？」

「ズバリ、金貨十万枚ですわ。元々は金貨五十万枚だったのですが……土地家屋や事業の切り売りでその額まで減りましたわね」

えーっと、私のお小遣いが毎月金貨二枚だよね。

それで毎月の生活費が、そこそこいい生活して金貨三十枚くらいだから……。

多分、余裕で一生暮らせる以上のお金なのは間違いないね。

「それで、返済期限とかはあったりするんですか？」

「一か月後に婚約が本決まりになります。そこまでいけば……もう逃げられない状況に追い込まれますわね」

と、そこでシャーロットちゃんが溜息をついた。

「もう、どうにもならなそうなんです。うう……ルイーズさんは……あの変態さんのお嫁さんになっちゃうんです……」

そこで私は首を左右に振った。

そして、ギュっと力強く拳を握りしめる。

「ルイーズさんは……結婚なんて嫌なんだよね？」

「そりゃあまあ……私は今のところは結婚には興味ありませんしね。そもそもあんな変態は論外ですわ」

「じゃあ、みんなで頑張ろうよ」

「頑張る？　何をでございますか？」

「私たちは《暁の銀翼》だよ！　冒険者パーティーなんだよ！」

そこでシャーロットちゃんもその気になったようで、ルイーズさんに向けて大きく頷いた。

「頑張ってみるんです！　私たちは冒険者なんです！　そして冒険者はお金を稼ぐために冒険者パーティーをやっているんです！」

「いや、でもしかし……金貨十万枚ですわよ？」

そうしてシャーロットちゃんは胸をドンと叩いた。

「ともかく――やるだけやってみるんです！　幸いなことに魔法学院もお休みの期間中ですし！」

◆

「ってことで、採取場所にやってきたんです！」

自信満々な感じのシャーロットちゃんに連れてこられたのは、草原だった。

んー？

普通の草原と違うところは、紫色の草がちょこちょこ生えていることかな？

で、その紫色の草を見て、シャーロットちゃんはニヤリと笑ってこう言ったんだ。

「マンドラゴラなんです！」

「マンドラゴラ？」

「はい！　マンドラゴラなんです！」

「マンドラゴラっていうと、抜いたら叫び声を出して、それを聞いたら人間が死んじゃうっていう魔法植物のこと？」

「そうなんです！　錬金術の特殊な薬剤の材料なんです！　そういうのには私は詳しいですから！」

まあ、シャーロットちゃんは錬金術学科だしね。

錬金術師というか、薬屋さんになるのが夢なわけだけど。

なので、こういうのに詳しいのは当然だろう。

「でも、どうしてマンドラゴラなの？」

そこで「よくぞ聞いてくれました」とばかりにシャーロットちゃんは胸をドンと叩いた。

「マンドラゴラは高く売れるんですよ！」

「なるほどー」

と、そこで私は「はてな？」と小首を傾げた。

「でも、高く売れるのにこんなところにたくさん生えてるの？　街から近いし普通だったら乱獲されるんじゃ？」

「それは……マンドラゴラは採取の方法が特殊ですからね」

「ふむふむ」

「犬を使って採取したりするんです」

「犬ってワンちゃんのこと？」

「そうなんです。まずは犬とマンドラゴラを紐《ひも》でしっかりと括《くく》りつけて、人間は速攻で逃げて……それから犬を走らせる。すると、大根みたいにマンドラゴラがスポーンって抜けるんです。そうしてマンドラゴラが抜けて、叫び声を聞いた犬が死んで……人間がマンドラゴラだけをゲットすると……そういう感じなんです！」

「なるほどー」

と、そこで一同の視線がフー君に集まった。

「視線を我に向けるなっ！」

「いや、冗談だよ。そんなことはさせないから」

笑いながらそう言うと、シャーロットちゃんも大きく頷いた。

「マンドラゴラの採取にはそういった身代わり方法が一般的です。それで言うことを聞く犬を育てるのに時間とお金もかかるんです。なので、冒険者には放置され気味な植物なのですが――」

そのままウインクと同時にシャーロットちゃんはこう言った。

「しかし、マリサちゃんほどの魔力を持つ人の魔法抵抗力なら……？」

その言葉でルイーズさんは大きく目を見開いた。

「確かにデタラメな強さを誇るマリサさんなら……イケそうですわね」

そうして二人は頷いて、フー君とヒメちゃんまでもが「それならイケる！」とか、そんな感じになった。

いや、でも……。

自分でも大丈夫だと思う。

けど、もしも私がマンドラゴラの叫び声を聞いて死んだりしたらこの人たちはどうするつもりなんだろう？

そのことについては全く考慮されてないよね？

と、私は「とほほん」と息をついたのだ。


『マリサちゃん！　マンドラゴラは一つ金貨十枚で取引されているので頑張ってください！』

それだけ言うと、シャーロットちゃんたちは千メートルほど遠くに退避した。

っていうか、豆粒のような大きさに見える遠方まで逃げてるんだけど……。

いや、いくら何でも遠くに逃げ過ぎでしょっ!?

実際にやるのは私なんだからさぁ……。

しかも、それを悪気一切なしでやってるからタチが悪い。

まあ、間違いなく私ならノーダメだから別にいいんだけどね。

前世さんも「植物程度の即死魔法なら問題ない」って言ってるし。

いや、でも……何だかんだでやっぱりちょっと抵抗あるよね。

何せ、一般的には抜いた時の叫び声を聞いたら即死ってのが定説の植物だし。

「とにもかくにも、やるしかないか」

私はおっかなびっくりで、そこら中に生えている紫色の草の一つに狙いを定めた。

そして、ゆっくりと近づいて草に手を伸ばす。

確かマンドラゴラってのは……紫色の草の下に本体がある。

本体は手足の生えた白い大根みたいな感じなんだよね。

で、大根の真ん中に顔があるはずだ。

んでもって、抜いた瞬間にこの世の終わりのような絶叫と共に、物凄く怖い顔で叫び声をあげる
……と、そんな感じのはず。

さっきも言った通り、魔法的な意味で私が死ぬとは思えない。

でも、物凄く怖い顔っていうのと、とんでもなく大きい絶叫ってのがやっぱり気になるよね。

魔法的にはノーダメージでも、マンドラゴラの顔と絶叫が怖すぎてトラウマになったらどうしよう？

――夜中に眠れなくなったらどうしよう。


ゴクリ……と、私は息を呑む。

そうして、覚悟を決めて私は紫色の草を引き抜いた。

すると、事前情報通りに大根の真ん中に顔があって、小さな手足も生えている植物が引き抜けた。

そして、その植物は私の顔を見るや否や……両手をサッと動かして自分のお股を隠したんだよね。

で、大根の真ん中あたりにある顔は僅かに頬を赤らめて――


「いやーん！」


と、そんな感じで恥ずかしそうに悲鳴をあげたんだ。

「ど、ど、どういうこと⁉　な、な、何だか恥ずかしそうな感じだよ⁉」

そうしてその直後。

向こうの方からダッシュでこちらにやってきたシャーロットちゃんは「どうだったんです⁉」と私に聞いてきたわけだ。

そんでもって、私が手に持つ植物を見て……シャーロットちゃんは大きく目を見開いた。

「これは……！」

「ん？　何なの？　何か問題あったの!?」

問いかけに、シャーロットちゃんはコクリと小さく頷いた。

「これは……マンドラゴラじゃなくて、マンドラコラなんです」

「マンドラコラ？」

「マンドラコラはマンドラゴラの十分の一程度の額で買い取られるんです」

ふーむ。

まあ、この辺りを見る限り、相当な数があるね。

全部採取すれば相当な金貨の枚数になるだろう。

「マンドラコラについては、叫び声を聞いたら不味いという噂とかあるの？」

「いいえ、そんなことは無いんです。これはノーリスクで採れるから……見つけただけでラッキーなんです」

「ふむ、そういうことなら私も手伝いますわ」

ルイーズさんの言葉を受けて、私も含めた全員が大きく頷いた。

「うん、それじゃあみんなで手分けして、ちゃっちゃと採っちゃおう」

と、そんな感じで私たちはみんなでマンドラコラの乱獲を始めたのだった。

ちなみに――。

採取の途中、シャーロットちゃんはとってもノリノリだった。

『ふふ、こうされると「いやーん」って言っちゃうんです!?』

『こうされると恥ずかしがっちゃうんです?』

『こうですか?　こうされるといいんですか?』

と、物凄く楽しそうに……なおかつ目がマジな感じで楽しんでいたんだ。

けど、そこについては私とルイーズさんは……敢えて触れないことにした。

◆

「ともかくこれで金貨五百枚になったんです」

「でも、全然足りないよ?」

「だから、ここに増やしにきたんですよ!」

そうして次にシャーロットちゃんに自信満々に連れていかれた場所は……街のカジノだった。

「え!?　シャーロットちゃん!?　まさかギャンブルでお金を増やす気なの!?」

するとシャーロットちゃんは大きく頷いて、ドンと胸を叩いた。

「今からやることはギャンブルではなくて……お金稼ぎなんです」

「っていうと？　どういうことなの？」

そう尋ねると、みなまで聞くなとばかりにシャーロットちゃんは首を左右に振った。

「まあ、任せて欲しいんです」

えー……。

滅茶苦茶自信満々だけど、かなり不安だな。

で、まあ仕方ないので私たちはシャーロットちゃんに続く形でカジノへと入場した。


金貨五百枚をカジノ用のチップに交換して、私たちはギャンブル場の中を突き進む。

裕福そうな貴族や商人が昼間からお酒を飲んでいて、上流階級の社交場みたいになってるけど……

本当に大丈夫なのかな？

そうしてシャーロットちゃんは、とあるギャンブルのところで足を止めたんだよね。

つまりは、ディーラーさんがダーツを投げて、回転するルーレットを的にする遊戯の場所ってことだ。

ちょっと見る限り、これはどうも……ダーツが刺さった場所の色や数字を予想するっていう感じのギャンブルらしい。

「で、ここで私は何をやればいいの？」

するとシャーロットちゃんは、やっぱり自信満々にこう言ったんだ。

「マリサちゃんの動体視力なら、ルーレットのどこに刺さるか分かるんじゃないか……と」

その言葉でフー君は「ほう……」と頷いた。

「なるほど、ネイバーベット・シフトベットじゃな」

「ネイバーベット・シフトベット？」

「うむ。ネイバーベット・シフトベットというのはな——」

フー君が言うには、ディーラーがダーツを投げたタイミングと、ルーレットの回転状況から、刺さるエリアを予測して賭けるという賭け方らしい。

物凄く単純な方法なんだけど、それを私にやれってこと？

「えー、いや、でもさ？　そんな賭け方で勝てるわけないじゃん。それで通用するほどお金儲けは甘くないと思うよ？」

と、私はダーツとルーレットを眺めて……絶句した。

「どうしたのマリサちゃん？」

「……ルーレットの回転……ちゃんと見たら……止まって見えるよ！　いや、未来の予知のように何となく色んなことが分かるよ！」

よしキタ！

と、ばかりにシャーロットちゃんは満面の笑みを浮かべる。

「じゃあ、ダーツが次に当たるのは!?」

言葉と同時にディーラーさんがダーツを投げた。

えーっと、この軌道と速度とルーレットの回転の感じだと……。

「恐らく色は赤で、数字は八だよ」

そこで賭け金のベットが締め切られ、数瞬の後、ディーラーさんが大きく声を上げた。

「レッド！　数字は八です！」

予想が当たった人は声を上げて喜び、そしてシャーロットちゃんもその場で飛び跳ねながら歓声を上げた。

「やったんです！　これでルイーズさんの解放確定なんです！」


で、それから三十分ほどが経過した。

「本当に凄いんです！　マリサちゃん！」

現在、私たちの目の前にはチップタワーがいくつも積みあがっている状況だ。

最高賭け金額が小さいので時間はかかった。

けど、今の持ち金は金貨に換算すると一万枚くらいあるんじゃないかな？

「ふっふっふ！　次も最高金額でベットするんです！」

今現在、全て当てている私たちは目立ちまくっていて、周囲には人だかりができている。

「すげえなあのお嬢ちゃんたち」

「あの年齢であんな大金を……」

と、その時、シャーロットちゃんの肩が黒服のお兄さんにポンと叩かれた。

「お客様……ちょっと」

「え？　どうしたんですか？」

するとと黒服のお兄さんは困ったなとばかりに眉間に皺を寄せた。

「それ以上やるなら出入り禁止ですよ？　たまにいらっしゃるんですよね、超高ランク冒険者等の特殊な方が荒稼ぎするということが」

まあ、やっぱりそうなるよね。

明らかに目立ち過ぎだもん。

「でも、私たちは悪いことは何にもやってないですよ？」

「当店が不適切と判断したお客様にはご退場を願っていますので……。反射神経や動体視力を扱う遊戯はお控えください」

そうして、やれやれという感じで黒服さんが去っていった。

「困ったんです」

「うん、困ったね」

「あ、それじゃあ、そこにあるスロットマシーンならどうでしょう？　アレなら回転する図柄がマリサちゃんには見えるんじゃ？」

「いや、さっき怒られたばかりだから。それにスロットマシーンはレバー引くだけで、図柄を止める操作はこっちでできないしね」

「うーん……と、なると完全な運勝負ということですか」

そうして、シャーロットちゃんはしばらく何かを考えて、やはり自信満々に懐からコインを取り出した。

「ん？　どうしたのシャーロットちゃん？」

「コインの表と裏ですよ」

そうしてシャーロットちゃんはコインを上に投げて、手の甲で受けて……もう片方に手で蓋をして見えなくした。

「勘だけで言ってください。さあ、コインは表と裏のどっちでしょう？」

とりあえず言われたとおりに私は答えた。

「裏」

「ルイーズさんは？」

「裏ですわ」

「私は表だと思うんです」

シャーロットちゃんがコインを隠している手の蓋を取った。

すると、そこではコインが表になっていたんだ。

「と、なると……私たちの中で一番運がある人と言えば……私となるんです」

「まあ、そういうことになるのかな？」

「マリサちゃん？　ギャンブルの攻略法の一つに、ツイてる人に乗っかって、その人が賭けているとおりに一緒になって賭けるというのがあるんです」

「ふむふむ」

「まあ、尻馬に乗るということですね」

そうして、シャーロットちゃんはやっぱり自信満々に――サイコロを使ったゲームのところに迷いなく歩を進めた。

「丁半博打《ばくち》なんです。確率は二分の一で、勝った時には二倍になるんです。それを十万枚に到達するまで繰り返すんです」

その言葉を聞いて、ルイーズさんも大きく頷いた。

「倍々ゲーム……目標の金貨十万枚までは……勝ち続ければすぐでございますわね」

そうしてルイーズさんとシャーロットちゃんはガッチリと握手を交わした。

「私は……シャーロットさんを信じますわ」

「全額をベットし続けて四回勝てば十万枚超えなんです！　任せておいてください！　ルイーズさん！」

で、翌日。

「……全額負けちゃったね」


ギルドの食堂に集まった私たちは暗い面持ちでお茶を飲んでいた。

「うう……私のせいなんです……」

「シャーロットちゃん、そんなに責任感じなくても……」

私は隣に座っていたシャーロットちゃんの肩をポンと叩く。

すると、彼女はフルフルと首を左右に振った。

「うう……実はみんなが帰ったあの後……取り返そうと思って……あの、その、えと……クルクル回る機械があったじゃないですか？」

「ああ、スロットマシーンね」

「ギルドに預けていた個人的な貯金を使って……あと一回、あと一回って思ってやり続けたら……」

「ん？　どういうことなのかな？」

「最初は物凄い勢いでお金が増えて……テンションもアゲアゲで……」

「ふむふむ」

「でも、気が付いたら……私の貯金が全部消えていたんです……」

「……え？」

そうしてシャーロットちゃんは立ち上がり、私の右腕にすがりついてきた。

「マリサちゃん！　あと金貨が十枚もあれば絶対に取り返せると思うんです！　いや、ルイーズさんの借金を完済することもできるんです！　それは絶対なんです！」

何か……シャーロットちゃんの目に色がない。

これは……大丈夫なのかなシャーロットちゃん。

っていうか、瞳が血走っているように見えるんだけど……。

「ねえマリサちゃん？　少しでいいからお金を貸し……いや、何でもないんです！」

良かった……。

ギリギリのところで、絶対に言っちゃいけない言葉を口にするのは踏みとどまったみたい。

しかし……どうやらシャーロットちゃんは絶対にギャンブルさせちゃいけない性格だったみたいだね。

「ともかくギャンブルは禁止！　他の方法で何とかしよう！」

その言葉で全員が頷いた。

けれど、解決方法なんて思い浮かぶはずもない。

だから、そこからしばらくはみんなで黙り込んでしまうだけだった。

「でも……どうするんです？　金貨十万枚なんていう大金……」

シャーロットちゃんがそう言うと、ルイーズさんはお手上げとばかりに肩をすくめた。

「もう私は諦めてもいいと思っていますわ。そもそも、貴族であれば望まない相手に嫁がされるなど当たり前の話なので……」

そこで私とシャーロットちゃんは同時に首を左右に振った。

「違いますルイーズさん！」

「違うんですルイーズさん！」

「え？　何が違うというのですか？」

「ルイーズさんはもう没落貴族なんだよ！」

「そうなんです！　没落しきっているんです！」

「既に爵位もクソもない状態で馬小屋に住んでるんだから、政略結婚なんてする必要ないんだよ！」

「そうなんです！　落ちるところまで落ちてるんだから、貴族としての政略結婚なんていうしきたりに従う必要ないんです！」

「ルイーズさんの家は事業も領地も売り渡して、既に回復不能なんだよ！　身分や見栄やプライドじゃご飯食べられないんだよ！」

「そうなんです！　貴族としての特権は皆無の状況で、高貴な血族としての常識だけを持っていると、今後生きづらいだけなんです！」

と、そこまで言われてルイーズさんは呆れ顔でこう言った。

「ボロカス言ってくれてますが……悪気はないのでしょうね。でも、確かに……そうですわね。もう私は貴族としての当たり前には……縛られない方がいいのかもしれませんわ」

「ってことで、頑張って借金問題を何とかしよう！」

「でも、どうやって？」

と、その時――。

私たちが座っているテーブルの前にギルド長さんが歩いてきた。

「あ、お父さん」

「ギルド長……それとイヴァンナちゃん？」

「うむ。我は聖都から帰ってきたばかりじゃ。無論、土産も買って来ておるぞ」

イヴァンナちゃんがそう言うや否や、ギルド長さんは私の肩を軽くたたいてきた。

「それとなマリサ。指名の特別依頼がお前に入っている。難易度は高く……お前以外は完遂できないだろうってことでのオーダーだ」

「いや、ギルド長さんも知ってるとおり、私は聖教会からはあんまり目立つなって言われてるんですよね」

「そこは大丈夫だ。何せ今回はその聖教会絡みの案件なんだ」

そう言うとギルド長さんはイヴァンナちゃんに視線を送ってニコリと笑った。

で、それを受けてイヴァンナちゃんも小さく頷いたんだ。

うーん。

これは私とイヴァンナちゃんの両方に同じ依頼がきてるってことなのかな？

で、イヴァンナちゃんについては聖都で先に詳細を聞いている、とそんな感じなんだろう。

「とりあえず話だけでも聞いてみようと思います。どんな感じの依頼なんですか？」

「ここ最近……オールドリッチ商会の輸送商隊が襲われていてな」

「オールドリッチ商会って言ったら、めっちゃ有名な大商会ですよね」

うむ、と頷きギルド長は言葉を続けた。

「聖教会に多額の寄付をしている商会でもあり、助けてやって欲しいということだ」

「うーん。でも、大商会だったら自前でギルド護衛を依頼するなりして、何とかすればいい話なのでは？」

　私の疑問にギルド長は首を左右に振った。

　そして、きっぱりとこう言い放ったんだ。

「いや、今回ばかりは相手が悪い」

「どういうことなんですか？」

「……ドラゴンだ。オールドリッチ商会は何故《なぜ》だか分からんがドラゴンたちに目をつけられているんだ」

「何？　ドラゴンじゃと？」

「え？　イヴァンナちゃんは話を詳しく聞いてなかったの？」

「うむ。我は依頼詳細は現地のギルド長に聞けという程度しか聞いておらん」

「で、そのドラゴンを率いるのは……カイザー級の古代種って話だ」

　そういえばフー君と前世さんは前に「カイザーとか神がついてないとドラゴンは大したことない」みたいなこと言ってたよね。

　つまり、逆を返せばカイザーとか神ってのがついてると、ドラゴンは大したことあるってことだ。

「しかし、ドラゴンの狙いは？　どうして人間の商会を襲うんです？」

「――龍の涙。微かに紫色が混じったダイアモンドなんだが、その鉱山から街へと向かう輸送経路が狙われてるってことだな」

話は終わりとばかりにギルド長はパンと手を叩いた。

「どうだ。やってくれるか？　ちなみに聖教会からは暁の銀翼としてのオーダーがきている案件だ」

「無論じゃ。やらん理由があるまい」

「いや、イヴァンナちゃん……？　そんな簡単に決めちゃうのはダメだよ。安請け合いしちゃったら、これから先も聖教会にいいように使われちゃうかもしれないし」

私の言葉を受けて、イヴァンナちゃんは首を左右に振った。

そしてワナワナと肩を震わせて——

「……我はドラゴン嫌いじゃ」

「いや、それは知ってるけどさ」

「……故にやるのじゃ。罪の無い商会を襲うような……外道のドラゴンは殲滅《せんめつ》せねばならん」

「でも、ドラゴンだよ？　私とイヴァンナちゃんは大丈夫かもだけど、シャーロットちゃんとルイーズさんには危険じゃないかな？」

「確かに私もカイザードラゴン相手は怖いんです……」

「私の借金のためにシャーロットさんを危険な目にあわせるわけには……」

と、そこでギルド長さんはボソリとこう言った。

「ちなみに報酬は金貨十万枚だ」

「「「やります！」」」

と、そんな感じで私たちはドラゴン討伐依頼を受けることになったのだった。


「おいおい、これって聖教会からの特命任務だろ？　何でこんなガキどもが……」

「まあ、荷物持ちは任せたぞルーキーたち」

と、まあそんな感じで私たちは元凶がいるという、ドラゴンの里へと向けて森の中を歩いていた。

こっちのメンバーとしては――

・私
・イヴァンナちゃん
・シャーロットちゃん
・ルイーズさん

・それとフー君とヒメちゃん

で、もう一組冒険者パーティーが同行することになって、聖都からSランクパーティーが来ているんだよね。

男の人が四人のパーティーで――

・アタッカーの剣士さん
・盾役の戦士さん
・回復係のヒーラーさん
・それと魔法攻撃担当の魔術師さん

と、そんな感じで非常にオーソドックスな構成のパーティーに見える。

ちなみに『お前たちの大先輩だから、マリサやイヴァンナに比べて弱いからと言って粗相のないようにな』とはギルド長さんの言葉だ。

けれど、吸血鬼のお姫様であるイヴァンナちゃんには、そんなギルド長の言葉なんて通用するはずもない。

「何じゃこいつ等《ら》は？　偉そうじゃのう？　まさか我に本当に荷物持ちをさせるつもりか？」

まあ、私たちが見た目と年齢で舐められまくってるのは間違いない。

なので、イヴァンナちゃんが露骨に顔をしかめるのも無理はない。

「偉そう？　お前等は何を言ってやがるんだ？」

「そもそも、どうしてこんなガキ共が特命任務に同行してるんだよ」

「理由がサッパリ分かんねえ」

「まあ可愛いからいいけどさ」

「つまりだ、お前たちはお兄さんたちが守ってやるから、せめて荷物持ちくらいはやってくれよってことだ」

「俺等はお前等に優しくしてあげてるつもりなんだぜ？」

「荷物持ちすらしないってんなら、先輩として冒険者ギルドの体育会系の掟《おきて》を叩き込まねばならん」

「俺たちにそんなことはさせないでくれよな？　お願いだから可愛い後輩って扱いをさせてくれよ」

そんなことを言いながら四人が笑っていたその時――


「ブラックドラゴンだ！」


剣士さんがそう叫ぶと同時、空には三十を超えるブラックドラゴンさんの姿が見えた。

「数匹なら十分対処できるが、この数はヤベえ！」

「いきなりクライマックスじゃねえか！」

「おい、少女たち！　防御結界を張るから俺の後ろに来い！　いつブレスが飛んでくるか分からんぞ！」

「こんなド級の戦いは――――マクレール平原のドンパチ以来だな！」

で、そんな感じで盛り上がっている四人を尻目に、イヴァンナちゃんは溜息と共にパチリと指を鳴らした。

するとイヴァンナちゃんの影の中から、カマを持った死神っぽい何かが大勢現れた。

そうして、続けざま死神っぽい何かは空を飛んで、ドラゴンさんへと向かっていったんだよね。

んでもって、死神っぽい何かはドラゴンさんの頭に向けてカマを振り下ろした。

そして、ただそれだけで意識を刈り取られたブラックドランさんはバラバラと地面に落ちていく。

それで最後に、一部始終を見ていたSランクパーティーのみんなは、青ざめた表情でこう言ったんだ。

「おい、今……お前……何をした？」

「ん？　即死魔法を使っただけじゃが？　奴らは空を飛ぶからの……数が多い時はこれが一番楽で手っ取り早い」

「即死魔法……だと？　それをあの規模で？　しかもドラゴンに通用するような強度でか？」

「何を当たり前のことを言うておる。見れば分かるとおりの普通の即死魔法じゃろ？」

普通の即死魔法という言葉で、「いやいやいや」という風にシャーロットちゃんもドン引きしてる様子だ。

でも、私的にはそんなに大したことをした感じもしなかったんだけどな。

「普通の即死魔法だって？　そもそも即死魔法ってだけで最高難度だろ？　ドラゴンの領域で通用する即死魔法なんて聞いたこともねーし……」

と、そこでルイーズさんが大きな声で叫んだ。

「ラージブラックドラゴンですわ！」

「何!?　ラージブラックドラゴンだとっ!?」

「くそっ！　次から次へと厄介なっ！」

「序盤からこれだと今回の依頼……生き残れる自信がなくなってきたぜ！」

「いいや、俺たちはピンチに晒されれば晒されるほどに燃えるはずだ！　俺たちなら必ず勝てるさ！」

まあ、そんな感じで冒険者パーティーの四人はやっぱり盛り上がっていたんだよね。

でも、私としては早く依頼を完遂したい。なので――

「あ、アレは私が対処しますね」

丹田に闘気を込めて、そして練り上げたチャクラを体内に循環させる。

続けざま両掌に気を送ってチャージ完了。

ちなみにこれはかつての転生者が『ニホンノアニメ』とかいう紙芝居を参考に生み出した「気功波」と呼ばれる技だ。

カメハメハというのが一番有名なんだけど、これはもちろん前世さんも習得済みの技だ。

なので、最近私が使えるようになったものでもあるわけね。

で、チャージを終えた私はラージブラックドラゴンさんに向けて気功波を放ったんだよね。


「うりゃあああああー！」


闘気のエネルギー弾が飛んでいく。

ドゴーンという爆破音と共に、ラージブラックドラゴンさんが煙に包まれる。

すると、ラージブラックドラゴンさんは、やっぱりさっきのブラックドラゴンさんたちのように地面に向けて真っ逆さまに落下していったんだよね。

「おいおい、今コイツ……闘気を飛ばしたのか？」

「いや、ありえねえだろ？　闘気技ってのは近接しか役に立たないのが常識だ。遠隔の遠当てでラージブラックドラゴンを倒したっていうのか？」

「いや、今の技……俺は知っているぞ……確か三千年以上前に失われた伝説の闘気法だ」

「まさか……気功波を使ったというのか……？」

と、四人が再度、青ざめた表情を作ったその時――


「ラージブラックドラゴンの群れじゃ！」


イヴァンナちゃんの大声で、冒険者パーティーの四人に戦慄が走った。

「おいおい百体はいるぞ！」

「どうすりゃいいんだ！」

「もうダメだ！」

「勝てるわけがねえ！」

そんな感じで四人はこの世の終わりのような絶望の表情を作ったんだ。

で、私とイヴァンナちゃんは目を合わせて互いに頷いた。

「アレをやろう！　イヴァンナちゃん！」

「分かっておるわ！」

二人で手をつないで空に向かって飛び上がる。

ほどなくして、私たちはラージブラックドラゴンさんの群れの中に突っ込んだ形になったわけだ。

そんでもって、イヴァンナちゃんは空中で私をギュッと抱きしめる。

まあ、今から私たちがやろうとしていることは、つまりは合体技ってことなんだよね。

と、いうのもイヴァンナちゃん曰く「魔力や闘気の潜在能力はマリサの方が格段に高い」ということなんだよね。

つまりは経験や魔力運用の熟練の差で、私とイヴァンナちゃんは互角っぽい感じになってるけど、ポテンシャルは全然違うってことらしいんだ。

ってことで、今……私からイヴァンナちゃんに向けて魔力が流れているわけで――


「核熱結界《ニュークリア・バースト》！」


私たちを中心に、世界の終わりすらをも思わせる、そんなヤバい系の爆発音が発生した。

そして爆発音と共に熱風が吹き荒れる。

と、同時にドサドサと百を超えるドラゴンさんが落下していく。

ちなみに、この魔法は核爆発とかいうのを起こすので、色々と危ないらしい。

なので、周囲に被害が出ないように防御結界を張るのが難しいんだけど、練習通りにいって一安心。

まあ、細かい操作はイヴァンナちゃんがやってんだけどね。

で、私たちは地面にゆっくりと降り立ったわけだ。

そうして、全て終わったとばかりにパンパンと手を叩いた。

「えーっと……荷物持ちでしたっけ？　私たちは何を運べばいいんですか？」

Sランクパーティーの人たちにそう尋ねる。

すると、あわわ……とばかりに、彼らはその場で腰を抜かして尻もちをついたんだ。

「いや……君たちには荷物持ちなんてさせられないよ」

「と、おっしゃいますと？」

「荷物持ちは……俺たちってことです」

まあ、ともかくそういうことになったらしい。

イヴァンナちゃんも「ようやく口の聞き方が分かったようじゃな」と満足そうだし、ひとまず一件落着ってことだろうね。

◆

「ここから先は通さん！　我は聖獣・玄武――あびゅしっ！」

亀さんの魔物を裏拳で吹き飛ばして、暗い森の道を行く。

「へへ、ここは通さねえぜ！　俺は聖獣・朱雀《すざく》――たわらばっ！」

鳥さんの魔物を重力魔法で地面に叩き落とし、更に私たちは森の道を行く。

「ここは通さない！　俺様は聖獣：青龍――たわらばっ！」

龍の魔物をチョークスリーパーで締め落とし、更に私たちは森の道を行く。

「私は聖獣：白虎です。それではここをお通り下さい」

そんな感じで合計四体の聖獣に私たちは出会ったんだ。

最後の白虎はフー君と顔見知りというのと、ビビりまくってたからすんなりと通してくれた。

そこから先は順調で、私たちに襲い掛かってくる魔物には白虎さん以来出会ってない。

それで、道中……私たちの荷物持ちをしている冒険者パーティーさんがこっちをコソコソ見てヒソヒソ話をしてたんだよね。

「おい、さっきのって四聖獣じゃないか？」

「裏拳一発だったな……」

「……朱雀も魔法一発だったし……白虎に至っては戦う前に逃げ出した。一体全体……何なんだよこいつらは」

「考えない方がいい。ツキが落ちるぞ」

何か化け物を見るみたいな感じで見られてるけど、ここは気にしないでおこう。

実際問題……私とイヴァンナちゃんは人間や亜人という種族を辞めてるレベルっぽいしね。

「でも、本当に暗い森だね」

「うむ。そうじゃな。しかし、我は夜の眷属《けんぞく》じゃ。太陽がランランと輝いておるよりはこちらの方が好きじゃな」

「でも、本当に暗いんです」

「そうですわね。お化けとか……出てきそうな感じでございますわ」

「ヒャっ！」

ん？

今、カナリアの声のような甲高い悲鳴が聞こえてきたよ……？

「あっ！　つまずきそうになっちゃったよ！　みんな気を付けてね？　本当に暗い森だから」

「うん、そうなんです。本当に暗いんです！　やっぱりお化けとか出てきそうなんです」

「ヒィッ！」

と、そこで私たちの視線がイヴァンナちゃんに集まった。

すると、そこにはイヴァンナちゃんの青ざめた表情があったんだ。

いや、それだけじゃなくて、そわそわしながら周囲の様子を覗っている感じだね。

「えーと、イヴァンナちゃん？」

「何じゃ？」

「ひょっとしてなんだけど……イヴァンナちゃんってゴーストとかが怖いの？」

「いいや、そんなことは全然ないぞ？」

「まあ、夜の眷属のお姫様だもんね。そんなはずないよね」

「うむ。アンデッドは全く怖くないし、ゴーストに分類される魔物も全く怖くない。ただ――」

「ただ？」

「アンデッドに分類されぬ、お、お、おば、おば……お化けなどという、そんなワケの分からん未知なるものには恐怖を覚えるだけじゃ」

そこで全員が残念な表情を作った。

つまりは、この人……アンデッドを統べる真祖の吸血姫なのに、お化けが怖いんだ……と。

「しかし、お、お、おば、おば……お化けなどと……タイムリーなことを言う奴らじゃの」

「タイムリー？」

「ドラゴンの里には、お化けの洞窟と言われるものがあるという噂があるのじゃ。恐らくそれは奴らが……我の対策のために作ったものじゃろうがな」

「イヴァンナちゃんの対策ってどういうことなの？」

「我は、ドラゴンを憎む不死者の筆頭みたいなところがあるからの」

「ふむふむ」

「我はドラゴンキラーとも呼ばれておってな。長年、我の管轄の地域でドラゴンとはケンカばかりをしてきたが、ドンパチをやっておらん場所はここだけなのじゃ」

えーっと……。

「つまりイヴァンナちゃんはお化けが出るという洞窟の噂だけで、吸血姫としての軍事行動的なモノを止めていたということ？」

「平たく言えばそうなるの。だって……お化けは怖いんじゃもん」

これは筋金入りの怖がりみたいだね。

と、私たちは苦笑いを浮かべる。

「……全く、我が苦手なものをわざわざ里にこさえるとは……本当にずる賢い連中じゃ。忌々《いまいま》しいことこの上ない……やはりドラゴンはこの世に生きていてはいけない種族じゃ」

でも、本当にイヴァンナちゃんってドラゴンが嫌いだよね。

出会ったその日の内からドラゴンには容赦しないみたいなこと言ってたし。

まあ、この辺りはドラゴンとの長年の因縁とかあったっぽいから仕方ないみたいなんだけど。

「ともかく、それが悪《あ》しきドラゴンであれば殲滅する。それが我の生きる目的の一つじゃ。しかし、あの里のドラゴンも数百年見逃してきたが……今はマリサたちがおるので畏《おそ》れることは何もない。ふふ、遂に我が管轄地域からドラゴンを殲滅することができるのじゃ」

「ん？　私たちがいるから？　だから今回は依頼を即受けしたってことなの？」

「うむ。今までずっと一人で行くのが怖かったから……あの里には触れんかったのじゃ。だってお化けは怖いんじゃもん」

「いやいや、ドヤ顔で言うこっちゃないからね」

と、まあ、そんな感じで、私たちはスキップを交えながらピクニック感覚で森の奥へと突き進んでいったのだった。

◆

それから歩くこと二時間ほど。

私たちは遂にドラゴンの里に辿り着いた。

それで私たちが辿り着くや否や、里はハチの巣を突《つつ》いたような大騒ぎになったんだよね。


「ひい！　イヴァンナだ！」

「何ということだ！　イヴァンナがやってきた！」

「真祖だ――――！　真祖が出たぞおおおお！」

「お、お、お助けええええっ！」

「子供だけは、子供だけは勘弁してあげてください！」


えー……。

何だか、叫び声だけを聞いてると、私たちが悪者みたいな雰囲気じゃーん。

まあ、要は因縁の敵が殴り込みに来たってことだから……反応としては間違えてないんだけどさ。


「ひぃいいいい！」

「げえっ！　イヴァンナっ！」

「泣く子も黙るイヴァンナだあああ！」


っていうか……みんなビビりすぎだね。

ドラゴンさんたちはイヴァンナちゃんを見た瞬間に、逃げ出したり腰を抜かしたりしてるし。

それはそれはもう、本当にヤバいくらいに大袈裟《おおげさ》にビビって逃げ惑っている。

でも、これも仕方ないのかな？

イヴァンナちゃんは昔から龍族と大喧嘩を続けているみたいだし、それはそれは悪名が轟《とどろ》いているんだろう。

何せ、ドラゴンキラーとか呼ばれてるくらいらしいしね。

と、そこでSランク冒険者の皆さんがドン引きの視線をイヴァンナちゃんに送る。

「ドラゴンがこんなにも恐れるだなんて、本当に何者なんだこの娘は？」

「ああ、本当に荷物持ちをさせなくて良かったぜ」

「間違いない。もしも気づかずに……ただの子供だと思って荷物持ちをさせていたらと思うと……震えがくるよ」

と、冒険者パーティーさんがそんなことを言っているその時のことだった。

「カイザー……ドラゴン……？」

冒険者パーティーのみんなが、その場で震えて尻もちをついた。

で、そのみんなの視線の先を見てみると――何と、大きな大きな龍がこちらに向けて飛んできていたんだよ。

「ほう。お前は吸血姫……イヴァンナか」

それは、とっても立派なドラゴンさんだった。

里の中で逃げ回っているドラゴンさんたちに比べると、三回りか四回りくらい大きいし、それに何より――

――強者の気配を感じるよ。

イヴァンナちゃんにも全然ビビってないし、一歩も引いてない感じだしね。

「いかにも。お主がここのボス……カイザードラゴンか？」

イヴァンナちゃんはボキボキと拳の関節を鳴らして、カイザードラゴンさんと睨みあう。

今すぐにでも二人の間で壮絶な戦いが始まりそうな雰囲気だ。

それを受け、私は慌ててイヴァンナちゃんにこう言ったんだ。

「イヴァンナちゃん、ちょっといいかな？　せめて、どうして採掘場とか通商路を襲っているか聞いてみようよ？」

「こいつらはドラゴンじゃぞ？　道中倒した竜ではなく……確かに言葉を操り、知能を持つ龍じゃ。じゃが、所詮は爬虫類で話など通じるわけもありゃあせぬ」

あ、そういえばドラゴンって括りでも龍と竜は違うんだったよね。

竜はどっちかっていうと、巨大で力が強いだけのトカゲって話だったかな。

んでもって、知能を持つ龍とは全然違うって話だったはず。

見た目も力も同じだけど、知能があるから龍の方が強くて、大体の場合において竜は龍の家畜みたいなポジションになってるって話は聞いたことがあるよね。

「いや、でも……お願いだから話をしようよイヴァンナちゃん。理由も聞かずにやっつけるのはちょっと違うと思うよ」

「まあ、マリサがそこまで言うのなら仕方ないの」

そうして、一呼吸置くと同時にイヴァンナちゃんはカイザードラゴンさんに向けて言葉を投げかけた。

「で、どうしてお主は人間を襲うのじゃ？」

「逆に問おう。どうして俺がお前等にそんなことを言わねばならんのだ？」

かっちーん。

何よその言い草は？

ちょっとイラってきちゃったよ。

チラリとイヴァンナちゃんを見ると、コメカミに青筋を何本も立ててブチ切れ寸前みたいになってるね。

っていうか、このままではいつ手が出てもおかしくないよ。

と、そこでカイザードラゴンさんは私たちに向けて不敵な笑みを浮かべたんだ。

「しかし、貴様らも運が良かったな」

「運が良かった？　どういうことなの？」

「よくぞ、森に放った守備竜の群れに出会わずにここに辿り着けたものだ」

「ブラックドラゴンさんとラージブラックドラゴンさんのことですか？」

「ああ、その通りだ」

と、そこでカイザードラゴンさんは「はっ」と息を呑んだ。

「何故にブラックドラゴンが守備竜だと知っている？」

「百体以上に襲われましたからね」

「……退治したのか？　あの数を？」

「はい。まあ、スコーンっとやっちゃいました」

「……まあいい。所詮、奴らは知能を持たぬ竜であり、人間で言うならただの番犬だ」

そうしてカイザードラゴンさんは、大きな体で大きく胸を張った。

「だが、今から俺が呼ぶこいつらは違う！」

「こいつら？」

「左様――この森を守護せし聖獣でな。たった二体で俺と同等の力を有する神獣だ――出でよ、青龍！」

ドヤっという感じでカイザードラゴンさんはニヤリと笑った。

けど……十秒くらいかな？

少し時間が経っても当然ながら誰も来るわけもなく、カイザードラゴンさんも「あれ？」っと小首を傾げた。

まあ、そりゃあそうだよね。だって、青龍って言ったら――

「それなら、さっきやっつけましたよ」

「何っ!?」

カイザードラゴンさんは驚愕の表情を浮かべる。

けれど、カイザードラゴンさんはすぐに立ち直った様子で咳ばらいを「コホン」と一つ。

「さすがだな！」

「さすが？」

「ブラックドラゴンとラージブラックドラゴンの群れを突破した時点で、貴様らの力であれば、青龍単体なら撃破もできるだろうと予想はしておった！」

そうして、再度ドヤ顔を作ってカイザードラゴンさんはニヤっと笑った。

「ならば、出でよ！　玄武！　朱雀！」

さっきと同じ感じで十秒くらい待っても、当然ながら誰も来るわけもない。

それでカイザードラゴンさんは再度「あれ？」っと小首を傾げた。

「それも、さっきやっつけましたよ」

「さすれば白虎――っ！　我が呼びかけに応じよ！」

「あ、それなら戦う前に逃げていきましたよ」

で、今回は白虎さんが遠くの方に現れたんだよね。

んでもって、物凄く申し訳なさそうにカイザードラゴンさんに「ごめんね」とばかりに頭を下げてから逃げていった。

「……？」

カイザードラゴンさんは逃げていく白虎さんの後ろ姿と、私たちの顔を何度も何度も交互に見たんだよね。

そして、最終的にカイザードラゴンさんは、私たちとしばらくの間、無言のお見合い状態になったんだ。

「……」

「……」

「……」

「つまり、どういうことなのだ？」

「要するに、ここに来るまでにやっつけたわけです」

「俺には貴様らは無傷に見えるのだが？」

「無傷でやっつけたので、そりゃあ無傷でしょう」

「……」

「……」

「……」


「……え？」

放心状態のカイザードラゴンさんは、その場で茫然自失という感じでフリーズしてしまった。

そこで、イヴァンナちゃんは軽く溜息をついてカイザードラゴンさんにこう尋ねたんだ。

「……で、どうするのじゃ？」

カイザードラゴンさんはしばらく何かを考えて、諦めたように大きな体を小さくして、肩をすくめる仕草をした。

「……俺の負けだ。煮るなり焼くなり好きにしろ」

その言葉を受けて、私とシャーロットちゃんとルイーズさんは顔を見合わせた。

と、いうのも、この手のタイプが簡単に負けを認めるのは……すごく意外に思えたからだ。

「ぬ？　龍が素直に負けを認めるとな？」

これにはイヴァンナちゃんも意外だったようだ。

証拠に、カイザードラゴンさんに尋ねる姿は素っ頓狂な様子だった。

「確かに貴様らに一矢報いたい気持ちはある。実際、一矢程度なら報えるだろう。だが……勝つか負けるかで言えば確実に勝てない。そして、俺たちがやりあったら里に被害が出るだろう？」

「まあ、そうかもしれんな」

「勝てぬ戦で里に被害など出せん。老龍や小さい龍を危険に晒すわけにはいかんのだ」

「……」

「一つだけ願いがある」

「何じゃ？」

「さっきも言った通り、俺を煮るなり焼くなりするのは構わん。ただし……俺以外の無抵抗の里の龍には手を出すな」

「……」

「頼むから他の連中は見逃してやってくれ。その代わりに……俺は完全無抵抗で首を差し出そう」

覚悟を決めた男の瞳って感じの、カイザードラゴンさん。

そして、私たちの中に広がる……何とも言えない空気。


──な、な……何だかやっぱり私たちが悪者のような……？


私たちは通商路を脅かす、人間を襲う悪のドラゴンをやっつけにきたはずだ。

だけど、どうしてこんなことになっているのだろう？

と、そんな風に思ったので、私はイヴァンナちゃんにこう言ったんだ。

「やっぱり話くらい聞いてあげようよイヴァンナちゃん。きっと事情があるんだよ」

「……話を聞くだけじゃぞ」

と、そんなこんなで私たちはカイザードラゴンさんの話を聞くことになったのだった。

「五百年前からの約束でな」

そんな言葉から始まったお話は、少し長い語りだった。

カイザードラゴンさんはその昔、それはそれは暴れん坊の龍だったらしい。

人に限らず強者と力比べすることが大好きで、殺し合いではなく――命を奪わない力の試し合いを信条としていたそうな。

まあ、そこは強者同士の力のぶつかり合いで、時には命を奪っちゃうこともあったらしい。

だけど、カイザードラゴンさんはそこを悔やんだり、後悔したり反省したりは一切していない。

何故なら、それをしてしまうと武人として散った相手の、その命の尊厳を踏みにじることになるというからだ。

その考えは前世さんもフー君も同意していた。

なので、まあ……戦闘民族ってのは共通の感覚を持ってるんだと思う。

と、話はちょっと逸れちゃったんだけどさ。

時には命を奪うことがあったということは、当然ながら時には命を奪われることもあるということで――。

ある日、とある魔獣との一騎打ちでカイザードラゴンさんはボコボコにされた。

それはもう、ボッコボコのフルボッコにされたらしい。

そんでもって大《おお》怪我《けが》で動けぬまま、森の中で死を待つばかりのカイザードラゴンさんは出会ったんだ。


――見習いの龍使いの少年に。


で、龍使いの少年に命を助けられたカイザードラゴンさんは、お礼に少年の命を一生守ることを約束した。

少年は見返りを求めてカイザードラゴンさんを助けたわけじゃない。

だから、それを断ったんだけど、その欲のない態度がカイザードラゴンさんの心をくすぐってしまったんだ。

戦闘民族っていう人種は「こうと決めたらそうする」みたいなところがあるので、カイザードラゴンさんはそれはもうゴリ押しで少年の従者となることになった。

そうして、最初は無理やりに押しかけられて苦笑いだった少年だったけど、いつの間にか苦笑いは自然な笑顔になった。


それから——。

二人は色んなところを旅をした。

極寒の極地にも赴いた。

灼熱の砂漠を徒歩で走破した。

山を歩き、湖を眺め、空を駆けて海を渡ったこともある。

この世の絶景と呼ばれる場所をくまなく歩き、お世辞にも幸福とは言えない境遇の少年の夢——

——世界の絶景の数々を記憶に刻みつけたい。

その夢は強者であるカイザードラゴンさんの力もあって、数十年をかけて完遂されることになったんだ。

そうして、いつしか至高の龍使いと呼ばれるようになった少年は老人となり、けれどカイザードラゴンさんは変わらずの姿のままだった。

そして……衰弱し、老人となってしまったかつての少年は、カイザードラゴンさんにこんな言葉を残したんだ。

――カイザードラゴン？　私はキミのことが心配だ。

――誰が強い、誰が弱い、いつもキミはそんなことを気にしているね。

――生き物にはいろんな個性がある。武人もいれば学者もいる。生物だっていれば、植物もいるんだ。

――キミは私と関わり合いになりすぎた。これからキミは人間という種族に特別な感情を抱き、以前のように極力関わり合いにならないという選択肢は……恐らくとりづらくなっていると思う。

――私はキミに辛い思いをしてもらいたくない。だから、私が言ったことをよく覚えておいて、私が言ったとおりに生きてほしいんだ。

――キミは強い。そして、残念ながら人間の中には悪い人間もいる。

――悲しいことだけど、必ずキミを利用しようする人間が出てくると思う。

――キミは騙される側に、利用される側になってはいけないよ。むしろ、その逆なんだ。

――仲良くなると、必ず……人間は油断する。

――そして人間は……油断すると隙ができるんだ。

――カイザードラゴンよ……人の隙をつけ……っ！

――欲望飽和するとき人間の注意力は脆《もろ》くも飛散する……っ！

――そこを……撃てっ……！

まあ、最後の方の話は冗談なんだけどさ。

っていうかイヴァンナちゃんの時も同じ冗談だったんだけど……。

それはともかく、かつての少年は死の間際にカイザードラゴンさんと約束をしたんだ。

――それは可能な限り人間を信じて、仲良くやってあげてほしいっていう約束。

そうしてカイザードラゴンさんは、本当に怒った時以外は人間を傷つけないという誓いを自身に立てたんだよね。

まあ、少年との馴れ初めとかはどっかで聞いた話……と、いうかイヴァンナちゃんの話とほとんど同じだよね。

それはつまり、寿命が違う種族同士が交わり、深い絆を持てば大体がこういう話になりがちって話なんだろう。

で、イヴァンナちゃんもかつて魔物使いと一緒に旅をしていたわけだ。

なので、似たような経験をしているってことで……思うところがあるのか、話を聞いた今現在、少し涙ぐんだりもしているわけなんだよね。


「それで、どうして人間を傷つけないという誓いを立てたカイザードラゴンさんが商隊を襲っているの？」

私の素朴な問いかけに、カイザードラゴンさんは苦虫を噛みつぶしたような表情を作った。

「龍の涙と呼ばれる宝石採掘場……あの一帯は特別な場所でな。龍族の信仰の聖地の一つと言ってもいい」

「ふむふむ」

「旧《ふる》き盟約によって、ここ百年程度の間、一時的にあの場所は人間に貸与されることになっていたのだが……」

「だから宝石が採掘されて輸送路まで確立されているんだね」

「左様、そして十年前――盟約通り、採掘場の返還の段となって奴らは掌を返したのだ」

「……ん？　どういうことなのかな？」

「返還はしない。それどころか、オールドリッチ商会は採掘場の採掘範囲を広げさせろと要求をしてきた」

「えー!?　約束を破ったってこと？」

「俺が人間に対して攻撃を加えないということを見透かした上での行動だったのだろう。話し合いは続けていたのだが。そして……事件は起きた」

「事件？」

「脅しのつもりだったのだろう、龍の子供がさらわれてな……流石《さすが》にそこまでされては黙ってはおれぬ。故に何度か人間には攻撃を加えたのだ……警告行動なので死者は出ていないはずだがな」

その言葉を受けて、イヴァンナちゃんが深い深い溜息をついた。

「力があるのに何故に一気に攻め滅ぼさなかったのじゃ？　何故、商路を襲うにとどめた？　いや、それどころか……何故死者すら出さなかった？」

「こちらの力を見せれば……攻撃の意思を見せれば話し合いの余地は残っていると判断した……そういうことだ」

「で、その結果が……一方的に悪者にされ、超高ランク冒険者を派遣されるこのザマということか？」

「ああ、そういうことだ。故に、俺を煮るなり焼くなりしろと言っている。強者が弱者に全てを奪われるは自然の摂理——それもまた龍族が定めし法であり、俺たちという種族がこの大自然と古来から交わしている約束だ」

その言葉を最後にカイザードラゴンさんは押し黙る。

それで、私たちとしても、やっぱり黙っていることしかできなかったんだ。

「……」

「……」

「……」

「……」

「……どうするイヴァンナちゃん？」

「まあ、やる気を削がれたというのも事実じゃな。のう、マリサ？」

「ん？　どったのイヴァンナちゃん？」

「好きにしろということじゃから好きにさせてもらおう。これからこの里をどうするのか少し……考えさせてくれんか？　里の中の様子も見てみたいしの」

◆

で、私たちはカイザードラゴンさんの許可を受けて里の中を見て回ることになった。

煮るなり焼くなり好きにしろという言葉は本当だったみたい。

何しろ里の者に危害を加えない限りにおいては、私たちは龍の宝物庫なんかを漁ってもいいって話だったんだからね。

まあ、さすがにそれはしないけどさ。

「イヴァンナちゃん？　里の中を見るってどうするつもり？」

そう尋ねると、イヴァンナちゃんは頬を膨らませる。

それでちょっとの間、不機嫌そうに黙ってから吐き捨てるようにこう言った。

「のうマリサよ……ドラゴンがいいやつなわけがないじゃろ？」

「いや、私は別にそんなにドラゴン嫌いじゃないしね」

「あのエピソードも捏造《ねつぞう》じゃ。絶対に嘘をついておるに決まっておる」

「決めつけはどうかと思うけど……」

「そして、里の中を見て回り――極悪非道の証拠を見つけてから完膚なきまで叩き潰すのじゃ！」

うーん。

間違いない。

やっぱりイヴァンナちゃんはドラゴンに対する憎悪の感情をこじらせまくっている。

まあ、やっぱりこの辺りは昔からの種族的な問題もあるんだろうけど。

「見ておれ……探偵イヴァンナちゃんが奴らの尻尾を必ず掴んでやるのじゃ！」

「探偵イヴァンナちゃん……？」

と、そんなこんなで私たちは、見た目は子供で中身がロリババアのイヴァンナちゃんと共に龍の里を隅から隅まで歩き回ったのだった。


「……ビックリじゃ」

「ん？　ビックリ？　何が？」

「この里……物凄く牧歌的で……普通じゃ……」

「いや、まあそりゃそうだと思うよ。だってここって普通にただの居住地っぽいから」

「我としては……里の中で麻薬栽培や拷問なんかの極悪非道の残虐ファイトが行われているものだと思っておったのじゃが……」

いやいやいやいやいや。

普通に子供の龍とかもいるし、物凄く平和的な雰囲気だしね。

「やっぱりカイザードラゴンさんの言ってることは本当なんじゃないかな？　人間の側が悪いって感じで……」

と、そこで私はフー君に尋ねてみた。

「でも、これって聖教会関連の依頼なんだよね？　冒険者ギルドや聖教会はこのことを知った上で私たちに依頼してきたのかな？」

そんな私の問いかけにフー君はしばらく考えてから、溜息交じりにこう言った。

「どうじゃろな？　世界には交戦的で凶暴な龍族も実際におることじゃしの。あのクラスのカイザードラゴンがおる規模の龍族の里では、危険すぎて実態調査もままならんし……この場合は商会の一方的な供述を鵜呑《うの》みにした可能性もある。まあ、聖教会もグルという可能性もあるが」

「ふーむ……。でも、調査もなしなんてそんな適当でいいの？」

「どうせ種族が違うからの。例えば、魔獣というだけで問答無用で駆除されたりすることもママあるわけじゃし」

「まあ、フー君も元々は悪い魔物ってことで閉じ込められてたしね」

「うむ……」と、フー君が頷いたところで、イヴァンナちゃんは何かに気が付いたように「はっ」と大きく目を見開いた。

「どったのイヴァンナちゃん？」

「そうじゃ！　一つだけ……まだ見ておらぬところがあるのじゃ！」

「見てないところ？」

「うむ――龍の里にあるというお化けの出る洞窟じゃ！　奴らは絶対にそこに何かを隠しておる！　極悪非道の証拠はそこにあるはずじゃ！」

「ひええええ！」

森の中にイヴァンナちゃんの悲鳴が響き渡る。

「何じゃ……お化けではなく毛虫か」

と、イヴァンナちゃんは毛虫をつまんでその場に放り投げた。


「ひえええええ！」

森の中にイヴァンナちゃんの悲鳴が響き渡る。

「何じゃ……お化けではなくただの野生のオークキングか。

と、イヴァンナちゃんはオークキングをその場で蹴り倒した。


「ひええええええ！」

森の中にイヴァンナちゃんの悲鳴が響き渡る。

「何じゃ……お化けではなくただの野生のワイバーンか」

と、イヴァンナちゃんはワイバーンに石を投げて撃墜した。


「ひえええええ！」

森の中にイヴァンナちゃんの悲鳴が響き渡る。

「何じゃ……お化けではなくただの……野生のアース神族か」

と、イヴァンナちゃんはアース神族という名の巨人を殴り倒した。


と、そこで今まで黙っていたSランクパーティーの剣士さんが呆れた様子で口を開いたんだ。

「ワイバーンまでは黙って聞いてたが、最後のアース神族は明らかにおかしいぞ。討伐難度SSSランククくらいで大厄災とか言われてるやつ……っていうか亜神だからなそれ」

口調もタメ口に戻っているので、どうやらこの人たちも私たちという存在に慣れてきたみたいだね。

まあ、よそよそしくされるのも面倒だし、こういうノリの方がありがたいのは間違いない。

「亜神とはいえ、所詮は野生のアース神族じゃ。神界から追放されて力を五十パーくらい奪われておるし……真祖の我の敵ではない」

「いや……小さい街くらいなら単独で簡単に滅ぼせたりする奴なんだけどなァ……」

「それを言うなら、田舎の小国なら我は簡単に滅ぼせたりするぞ？」

と、そうこうしているうちに、私たちは遂に目的の洞窟に辿り着いたんだよね。

「でも、本当に大丈夫なのイヴァンナちゃん？　お化け怖いんじゃないの？」

「無論じゃ。怖がる必要などどこにもない」

ん？

言葉も一切震えてないし、これは本当にビビってない感じだね。

これはイヴァンナちゃんも、遂にお化けに対する覚悟を決めたってことなのかな？

そういう風に思ってイヴァンナちゃんの顔に視線を向けると――

「歩きながら白目剥いて泡まで吹いてるよイヴァンナちゃんっ！」

と、そんな感じで私たちはお化けが出るという噂の洞窟に足を踏み入れたのだった。

鍾乳洞みたいな感じの洞窟だった。

「本当にお化けがでそうな感じですね、ルイーズさん」

冷たい空気の中で、シャーロットちゃんがおっかなビックリという感じでそう言った。

「ええ、確かにここなら何が出てきてもおかしくない雰囲気ですわね」

ルイーズさんについては声色はしっかりしている。

けど、顔色は若干青ざめていて、怖がっていることを隠しきれていない様子だ。

この感じだと、実はルイーズさんもお化けが怖いのかもしれないね。

「ふむ……なるほどの」

と、そこでイヴァンナちゃんに顔を向けると、意外にも彼女の表情にも声色にも、怯えの色は一切なかった。

ひょっとしたら洞窟内で気絶でもするんじゃないかと思っていただけに、これはかなり意外だ。

「なるほどって……どういうことイヴァンナちゃん？」

「ここに出るのはお化けではないぞ……マリサ」

「どういうこと？」

「ここはお化けではなく――吸血鬼の住処《すみか》じゃ」


洞窟の地下には小さい町があった。

以前にも泊ったことがある、イヴァンナちゃんのお父さんが住んでいた宮殿があったような地下空間だね。

それのかなり大きいバージョンってことで、二階建てか三階建てくらいの石造りの建物が立ち並んでいるって感じかな。

それで私たちは吸血鬼の町の町長さんの家を訪ねたんだけど――

「……吸血姫様ですな」

「うむ。しかし、お主たちは……？　我の見覚えがある者もおるようじゃが……しかし、それにしてもここ最近は見ないようになった者ばかりじゃの」

「先代……真祖の吸血王が存命の頃に、吸血鬼族と神龍族との間で大戦があったことはご存じでしょうか？」

「忘れるわけもあるまい。真祖に連なる吸血鬼の過半数が失われた忌まわしき戦争じゃ」

「……神龍族も多くの命を失った戦争です。そして……我らのことを説明するのであれば、あの戦争において龍族に捕まった捕虜という言葉が最も適切でしょう」

「捕虜？　捕虜が何故に生きておる？」

「お父上……真祖様なら死ぬまで戦えとおっしゃるでしょう」

「それは当たり前じゃ――我らは龍とは相容《あいい》れん。故に戦争となったのじゃからな」

「しかし、事実として我らはここで生きているのです」

「互いに憎みあっている仲じゃ……捕虜となっても生存など許されるわけもなかろう？」

「カイザードラゴンですよ。アレは武人の中の武人……戦いが終わった後にいたずらに命を奪うべきではない……と、神龍族に訴えかけたのです」

「………それで？」

「吸血鬼のコミュニティに戻ろうにも、捕虜となった後に逃げ帰るのは敵前逃亡に等しい。戻れば苛烈な罰が待ち受けるのみ……行き場もなくなった我らです。そこで神龍族の反対を押し切り、彼は我らをこの場に住まわせることにしたのです」

「あの当時……戻れば苛烈な罰……か。父上の性格では確かにそうかもしれんな」

「慈悲深いことで知られる姫であれば、そうはならなかったでしょうがね」

「結局のところ……その当時、お主たちのことを真に考え、安息を与えたのは……あのドラゴンだけじゃったと？」

「……左様で」

やるせないという感じでイヴァンナちゃんは深く溜息をついた。

「何ということじゃ……。故にこのドラゴンの里の連中は……外にはこの洞窟について偽の情報を流しておったのか……」

そのままイヴァンナちゃんは押し黙り、眉間に右手の人差し指を置いて何かを考えこみ始めた。

「ねえイヴァンナちゃん？　あのカイザードラゴンさんを助けてあげたいとか……思ってるんでしょ？」

「プライドの塊のような龍族じゃ。それが人間の商会ごとき……自身よりも弱い外道相手に十年耐えた……か。そして人間に攻撃を加えたのは龍族の子供がさらわれた時のみ……よくぞ我慢したものじゃ」

そうしてイヴァンナちゃんは、こうなっては仕方ないとばかりに肩をすくめた。

「まあ、ドラゴンの中にも根性のあるやつもいるということじゃ。それだけは認めざるをえんじゃろな」

◆

そのまま吸血鬼の洞窟の町長さんの家で、私たちは四人で話を続けていた。

ああ、もちろん暁の銀翼全体としての方針の話になるから、町長さんには席を外してもらうことにはなったんだけどさ。

「カイザードラゴンさんの討伐の依頼を途中放棄したら……ルイーズさんが……大変なことになっちゃうよ」

元々はこの依頼はルイーズさんの無理やりな結婚を止めさせるっていう話だからね。

でも、大前提として、カイザードラゴンさんを討伐してお金をもらうのは絶対に間違ってる。

だけど、こっちの問題については何一つ解決しないんだよね……。

「マリサさん……お金ならまた稼げばよろしいでしょう？」

「また稼げばいいって言っても、こんな報酬の依頼はもう無いと思うよ？　時間もないんだし」

と、私がそう言うと、ルイーズさんは凛とした眼差しと共にこう言ったんだ。

「このルイーズ＝オールディス！　オールドリッチ商会——外道の計画の片棒を担いでまで、自らが助かりたいとは思いません！」

そして、イヴァンナちゃんはその言葉を受けて満足そうに頷いたんだ。

「うむ、よくぞ言ったぞ！」

まあ、よく言ってくれたとは私も思う。

「けど、実際問題としてルイーズさんの借金はこのままじゃどうにもならなそうだよ？」

そこで今までずっと黙っていたシャーロットちゃんが口を開いた。

「あの、えと……ルイーズさん？」

「どうしたのですかシャーロットさん？」

「最終手段なんですが、お金なら……恐らく何とかなるんです」

私たち一同の視線を一斉に受けたシャーロットちゃんは小さく頷いた。

「シャーロットちゃん？　具体的にどうするつもりなの？」

「お父さんに借りるという形なら、何とかなると思うんです」

お金を借りる……か。

他力本願で根本的な問題の解決にはならないと思うんだけど、まあこの場合は仕方ない。

「でもギルド長はそんな大金持ってるの？」

「ウチのお父さんは昔は帝都の切り込み隊長でしたし、Sランクオーバーの冒険者としても有名でしたし。それに今はギルド長ですしね。私の家の生活は質素ですし、相当貯めこんでると思うんです」

「……なるほど。まあ、ギルド長……というかシャーロットちゃんのお父さんを頼るのはどうかと思うけど、どうしようもないしね」

「はい。お金については心配しなくてもいいと思うんです。その後にゆっくりと返していけばいいわけですし」

と、そこでずっと何かを考えている様子のフー君が口をはさんで来た。

「で、具体的にはどうするのじゃ？　我らがこの件から手を引いただけでは、結局カイザードラゴンについては何も変わらんぞ？」

「まあ、そりゃそうだろうね。他の冒険者や……あるいは逆十字騎士団のところに話がいったりするかもしれないし」

「普通のSランクオーバーの冒険者パーティーなら、カイザードラゴンさんは独力で退けるじゃろうが……聖教会の暗部が出てくるとお手上げじゃろう。アレは我でもどうにもならんし」

「うーん……。根本的な問題の解決が必要ってわけだね。でも、それって簡単じゃん？」

「うぬ？　どういうことじゃマリサ？」

「……要はこのドラゴンの里が危険じゃないし、悪くないって分かってもらえればいいんだよね？　だったら、悪いのはオールドリッチ商会なんだから、ギルド長と聖教会に事実を伝えればいいんじゃん？」

そこまで言った時、私とイヴァンナちゃんが部屋のドアに顔を向ける。

次に、少し遅れてシャーロットちゃんとルイーズさんが同じ方向に顔を向けた。

それで、私を含めて全員の表情が引きつったんだ。それもそのはず、ドアの前に立っていたのは

―

「逆十字騎士団の……ダーリアさん？」

「ふふ、相変わらず可愛いわねマリサちゃん」

変わらずのシスターの服のような、メイド服のような恰好だった。

ダーリアさんの睨《ね》めつけ回すような視線を受け、私はゾクゾクと背中に寒いものを感じる。

ちなみに、イヴァンナちゃんはこの距離まで一切気づかずに接近を許したことに思うところがあるらしい。

証拠に、ダーリアさんに向けて露骨に不機嫌にほっぺたを膨らませながらこう言った。

「全く……化け物じゃなダーリア」

「貴女に言われたくないし、本当の化け物はマリサちゃんの中にいる女なのだけれどね」

「で、何をしに来たのじゃ？」

「さっきの……砂糖のたっぷり入ったハニーミルクトーストよりも甘い、そんなマリサちゃんの見通しが聞いてられなくなってね」

「ふむ……どういうことじゃ？」

「お姉ちゃんが一つ忠告してあげるわ。カイザードラゴンの正当防衛を訴えたところで、ギルドも聖教会も聞く耳を持たないわ」

その言葉で「我もそう思っていたがな」とイヴァンナちゃんは小さく頷いた。

そうしてダーリアさんは息を吸い込んで……話をそのまま続けそうなので、慌てて私は口を挟んだ。

「いや、そこも気になりますけど、私としてはまずはどうしてダーリアさんがここにいるのかということが気になります」

「ああ、そのことね……お姉ちゃんはマリサちゃんのストーカーだから」

またこの人は変なことを言い出したぞ……と、私は絶句する。

「マリサちゃんの入った後のお風呂にこっそり入ったことも一回や二回じゃきかないし、シェリル＝アークロイドの殺気を受けながらマリサちゃんの寝顔を一晩眺めたこともあったわ」

「何してるんですかダーリアさん……？　貴女……聖教会で偉い人なんですよね？」

「ふふ、仕事は仕事で趣味は趣味よ。お姉ちゃんはここ数百年はロリータを愛でることに命をかけるのがマイブームなのよ」

底抜けの笑顔を見て「うわぁ……」と私は後ずさりをする。

「それでねマリサちゃん、今回の件に関してマリサちゃんのストーキングをしながら状況を覗っていたのは半分趣味で、半分仕事なのよ」

「ふむ、どういうことなんでしょうか？」

「聖教会も一枚岩じゃなくてね。腐っているのがいるから掃除は必要ってことなのよ」

「ふむふむ」

「まあ、寄付額が大きい商会や貴族からの陳情とかには、賄賂《わいろ》も加わると融通きかせたりする人もいるのよ。例えば、今回の件みたいに……ね。おかしいなと思いつつも気づかない振りで上に話を通したりね」

「つまり、ダーリアさんがオールドリッチ商会とその関連する聖職者を叩き潰すってことですか？」

私の問いかけにダーリアさんは首をフルフルと左右に振った。

「いいえ、立場上……証拠も無しにお姉ちゃんが表立って動くと、聖教会が割れるような大事になるからそれはできないわ」

「んー……話が読めないんですけど？」

「つまりね、カイザードラゴンの件で、オールドリッチ商会を詰めることは諦めなさい」

「いや、諦めたらカイザードラゴンさんがずっと悪者のままで、危険に晒され続けるわけですよね？」

「そこはちゃんと考えているわ。この件で詰められなくても、結果が同じなら……それでいいでしょう？」

「結果が同じ？」

いよいよ話が読めなくなってきた。

私だけでなくこの場にいる全員が「はてな」と小首を傾げて、目にクエスチョンマークを浮かべてしまっている。

「あくまでも……ここから先はお姉ちゃんの独り言なんだけど――」

そうしてダーリアさんは大きく息を吸い込んで、言葉をつづけた。

「――犯罪者ギルドの連中とオールドリッチ商会の連中が明日の夜に商会本部で密会するわ。現場では禁制の麻薬の取引が行われるはず……麻薬取引は重罪よ。現場を押さえて拘束して……そこできっちりと詰めればいい。そうすれば商会は確実に破滅して解散まで確定するわ」

で、その話を聞いた私たちはマッハの速度で頷いて、全員が口を揃えて「それでいこう！」と言ったのだった。

◆

月夜の晩。

王都に向かった私たちはオールドリッチ商会の本部二階へと潜入していた。

ちなみに、ダーリアさんが「独り言」あるいは「落とし物」という形で情報を提供してくれたんだよね。

で、落とし物という形で貰った見取り図は正確だった。

そして、屋根裏部屋に陣取った私たちは「今か今か」と麻薬取引が始まるのを待っていたんだよ。

映像記憶系の魔道具――水晶玉もセット済みだし、あとは飛んで火にいる夏の虫を待つばかりという状況だ。

それで、屋根裏部屋で待つこと三十分。

事前に聞いていた時刻通りにその部屋に男たちが入ってきた。

でっぷりと肥えた五十代の男が商会長ってとこかな？

ともかく、護衛を二人連れた商会長っぽい男が一番奥の椅子に座った。

続けざま、入室時点からずっと頭をペコペコと下げている……見た感じからチンピラさんっぽいのがドア側の椅子に座った。

チンピラさんっぽいのは犯罪者ギルドの連中ってことで間違いないだろうね。

そして、今……チンピラさんが持ってきた大きな革鞄がテーブルの上で開かれた。

そうして、事前情報どおりに、その中にはギッチリと白い粉の入った透明の袋が詰まっていたんだ。

よし……っ！

あとはこの情報をダーリアさんに引き渡せば、間違いなくこの商会は壊滅状態まで追い込まれるだろう。

と、私たちの空気が緩んだその時、商会長さんの横に控えている護衛の人が、部屋の隅に置いてあった槍を手に取ったんだ。

そして、私たちのいる屋根裏部屋……向こうからすると天井に向けて槍を繰り出してきた。

「曲者《くせもの》！」

そうして天井を貫いた槍がイヴァンナちゃんに突き刺さる。

ズボっとイヴァンナちゃんを槍が貫いたわけだけど、その体の一部は小さなコウモリとなって槍の攻撃が無効化された。

「……あれ？　血が……ついてない？」

天井から槍を引き抜いた護衛の人は素っ頓狂な声をあげる。

そうして続けざま、天井に向けて護衛の人が再度槍を繰り出してきた。

「曲者！」

今度はシャーロットちゃんを槍が貫いた。

けど、その体の一部はやっぱりコウモリとなって槍の攻撃が無効化されたんだ。

何でそうなるかっていうと、実はイヴァンナちゃんのコウモリ避《よ》けは仲間にも有効なんだよね。

いやはや、真祖の吸血鬼ってのは反則だなと心底思う。

「曲者！」

護衛の人がズボっと槍を突き刺して、ズボっと引き抜く。

「曲者！」

護衛の人がズボっと槍を突き刺して、やっぱりズボっと引き抜く。

「曲者！」

護衛の人がズボっと槍を突き刺して、やっぱりズボっと引き抜く。

と、そんな感じでズボズボズボズボと天井に槍の攻撃を受けているけど、誰一人としてダメージを食らわない。

まあ、体の一部がコウモリになって、槍を避ける形になるだけだからね。

それで、すぐにコウモリが集まって元に戻って……ポンポンポンポンとリズミカルにコウモリになったり戻ったりで、何か見てて楽しい感じだね。

あ、そうそう。

ちなみに、イヴァンナちゃんが漆黒系の迷彩を施しているので、穴が開いても向こうからはこっちが見えないらしいんだ。

「……やはり血が付いていない？　穴からも……曲者の姿も見えない……？」

「何をやっているのだお前は」

「……少し疲れているのかもしれません。曲者がいると思ったのですが……」

「天井の修理代……給料から引いておくからな」

「……申し訳ありません、旦那様」

そうして私たちが様子を覗っていると、遂に麻薬の取引が始まった。

「こちらにありますリシアペブの粉末ですが、支払いはいつものようにお願いしますよ、旦那様」

「ああ、そのようにしよう」

「時に旦那様？　カイザードラゴンの件についてはどうなりましたか？」

「聖教会の一部に金を握らせたし、龍からの襲撃の話も……あることないこと織り交ぜて相当に盛っておいた。おかげで……通常では表に出ない聖教会の最終兵器クラスの人員が動くらしい」

「はは、しかし旦那様は酷いですね。カイザードラゴンはそもそも何も悪くないのに。しかもこちらに死者は出てないんでしょう？」

「書類上は数十人か死んでいることになっているがな」

「はは、本当にお人が悪いですな！」

「龍の涙は高く売れる。我が商会の屋台骨の一つをみすみす手放すわけにはいかんからな」

よしきた！

今の発言も完全に水晶玉に記録したよ！

ってことで……と、私たちは顔を見合わせて、小さく頷いた。

「もう行っちゃおうと思うんだけど、どう思う？」

ルイーズさんは何かを考えて、小さく首を左右に振った。

「しかし、特にマリサさんとイヴァンナさんが不味いと思うのです。聖教会からは目立つなと釘を刺されているわけですし……聖教会の中枢部は一枚岩というわけではないという話でございますよね？」

「そこは私に任せてくださいなんです」

そうして、自信満々にシャーロットちゃんは、懐から何かを取り出して私たちに手渡してきた。

「これは……っ!?」

一番初めに出会った時にシャーロットちゃんがつけていた……アゲハ蝶の覆面？

私はピンク色で、シャーロットちゃんは赤色、ルイーズさんは青色で、イヴァンナちゃんは紫色だ。

「いや、でもこれ……シャーロットちゃんだって普通にバレてたやつだよね？」

と、私の言葉にルイーズさんが頷いた。

「確かにこれだけではカモフラージュには不適切です。百式奇術の三十二——獣人化《アニマルパワード》！」

猫耳のやつだー！

これって猫耳生えてくるやつだ————っ！

と、私は大きく目を見開いた。

「ふふ、今回は猫耳だけじゃなくて尻尾も生えてきますわ」

わ、わ、技が——進化してるよおおおっ！

と、私が恐れおののいていると、イヴァンナちゃんはまんざらでもない様子で尻尾と猫耳をフリフリさせていた。

「うむ。可愛いではないか」

まあ、その言葉には私も同意する。

何せ猫耳とアゲハ蝶の仮面と……そして尻尾だもんね。

可愛いだけじゃなくて、何となくカッコイイ気もするよ。

「ってことで——」

と、そこで私は天井裏の床に向けて拳を振りかぶる。

――ドゴシャンっ！

爆発音にも似た音と共に、メキメキっとばかりに床が抜けて、私たちはそのまま下へと向けて落下する。

そして――。

「オールドリッチ商会さん！　悪事はそこまでです！」

私の言葉に続いて、シャーロットちゃんが剣を抜いて言葉を張り上げた。

「神妙にお縄につくんです！」

「ドラゴンの里に対する非道……聖教会が見逃しても私たちが見逃しませんわっ！」

「我はドラゴンの肩を持つわけではない。しかし、外道の肩は断じてもたん――地獄の業火に焼かれるがいいっ！」

と、そこまで言った時、商会長さんの警護の一人が剣を抜いてこちらに切りかかってきた。

「曲者っ！」

警護の人はシャーロットちゃんに向けて切りかかってきた。

けど、シャーロットちゃんはひらりと身をかわして、そのままカウンターで剣を一閃。

「ぐっ……っ！」

シャーロットちゃんの眠りの剣を食らって、そのまま気絶してしまった。

「なっ!?」

で、もう一人の警護の人はいつの間にか背後に回っていたイヴァンナちゃんの手刀を受けて気絶した。

「な、な、な……何者だ貴様らっ!?　こいつらは冒険者ギルドで言えばAランク級の凄腕だぞっ!?」

瞬く間に警護の二人を失った商会長さんは、その場で青ざめて口をパクパクとさせている。

すると、犯罪者ギルドのチンピラさんが窓に向かって駆けだしたんだ。

「旦那、どう考えても相手が悪いですぜ！　あっしはここでトンズラさせてもらいやすっ！」

そうして窓を蹴破って、チンピラさんは二階から一階――つまりは商会の建物の庭へと飛び降りたんだ。

「おい、逃げるな！　ワシを置いて一人で逃げるな！」

商会長さんは悲痛な表情でそう叫んだ。

だけど、イヴァンナちゃんは冷たい声色で商会長さんにこう言ったんだよね。

「心配せんでも、あのチンピラは逃げることなぞできておらんよ」

イヴァンナちゃんが言い終えると同時、庭の方から悲鳴が聞こえてきた。

そして、商会長さんは庭の様子を見て、その場で腰を抜かしてしまったんだ。

「カイザードラゴン……だと？」

「あ、カイザードラゴンさんが火を噴いた」

「うぎゃあああああああああああああ！」


庭から断末魔の叫びが聞こえてくる。

あー、でも、これはちょっと打ち合わせと違うよね。

あとで悪事関係の供述を取らなきゃいけないわけだし。

死んでしまっていたら、ちょっと困るね。

まあ、その辺りはカイザードラゴンさんは歴戦の戦士なので、上手いこと調整してくれてると信じよう。

「あわ、あわ……あわわ……」

腰を抜かした商会長さんは、這うように動いて部屋のドアへと向かう。

「全く……無様ですわね。往生際が悪いとはこのことですわ」

と、そこで商会長さんは立ち上がり、急に俊敏な動作で壁に手をついた。

「ははっ！　油断したな小娘共っ！」

それだけいうと商会長さんは壁に設置されたボタンを押したんだ。

すると、商会長さんの周囲に長方形の……光り輝く透明なバリアーが現れた。

「これは古代のアーティファクトを利用した絶対防御結界だ！」

「絶対防御結界？」

「それと同時に、商会内の凄腕連中にワシの危機を伝える仕組みになっている！　ふははっ！　これでワシの安全は完全に確保されたぞっ！」

そうして私はドヤ顔で笑っている商会長さんに向かって歩いて近づいた。

そのまま拳を大きく振りかぶって――

「とりゃあああああっ！」

殴ると同時、パリンと音を立てて防御結界が崩れ落ちた。

それを見た商会長さんは「えええええっ!?」と叫んで、その場で尻もちをついた。

「どういうことだ!?　これは絶対防御結界だぞ!?　神代の時代のアーティファクトを使ったものだぞ!?」

うーん。

ちょっと私も気になってきたから聞いてみようか。

前世さん？　前世さん？

実際のところ今の防御結界ってどんなもんなの？

——三千年前なら普通の防御結界バブ。

ですよねー。

見た瞬間に壊せそうって私でも思ったくらいだから、そんなもんだよね。

「さあ、観念しなさい！」

「くそ……それでも……それでも商会内で飼っているSランクオーバーの冒険者が来てくれるはず……だ」

と、その時、部屋のドアがノックされて、商会長さんの青ざめた顔色に血の気が戻った。

「ふははっ！　ようやく他の護衛が来たようだな！　よくも好き勝手やってくれたな小娘共！」

そうしてドアが開くと同時に、部屋の中に男が飛んできた。

それは飛ぶようにこの場に駆け付けたという意味ではない。

文字通りに部屋の中央に男が……投げ捨てられるように飛んできたんだ。

一人。

二人。

三人。

「証拠も掴めたみたいだから、正式に聖教会として介入するわね」

そうして、四人目の男の首根っこを掴んでズルズルと引きずりながら入ってきたのは——

──底抜けの笑みを浮かべたダーリアさんだった。

「商会長？　さっき言ってた他の護衛とやらはこのボクちゃんたちのこと？　貴方も裏稼業やってるんだったら、もうちょっとまともな護衛を頼んだ方がいいわよ」

「ば、ば、馬鹿な！　こいつらはSランクオーバーだぞっ!?」

「あら？　貴方が喧嘩を売っていたカイザードラゴンっていうのは、SSランクの魔物よ？」

「しかし、奴は人間を本気で襲うことは……」

「うーん……オツムが足りないのかしら？　SSランクの魔物なら、そのお友達がもっと強いという可能性は考えなかったの？」

ダーリアさんの言葉で商会長さんは、私たち全員の顔に視線を送る。

「聖教会相手に虚偽の報告で喧嘩を売った罰は……割と高いわよ？」

そうして、ようやく状況を把握したようで、商会長さんはガックリと項垂《うなだ》れたのだった。

◆

と、まあそんなこんなで──。

商会長さんはダーリアさんに引き渡された。

前世さんとフー君曰く、ダーリアさんは三千年前はそれはそれは尖った性格をしていたらしい。

いや、今でも相当アレだけどね。

まあ、昔は異端査問官とかもやってた時代もあるらしい。

その関係で、拷問的なこともお手の物……ということなので、商会長さんはとんでもなく酷い目に遭うだろうということだ。

ダーリアさんとしても、教会内で賄賂を受け取るような人間は粛清したいということらしい。

なので、物凄くワクワクした感じでニコニコしてたんだよね。

それはそれは底抜けの笑顔な感じだった。

もちろん、私としてはドン引き以外の感情を持てなかったので、その辺りは華麗にスルーしておいたけどさ。

「南無阿弥陀仏……」

と、そんな感じで商会長さんを思ってギルドの食堂で掌を合わせていると、シャーロットちゃんが申し訳なさそうな顔で声をかけてきた。

「えーっと、お父さんに話をしてきたんですけど……」

「うん！　ルイーズさんの借金の話だよね！」

「事情を説明したんですが、お父さんとしてはお金を貸す分には問題ないみたいなんですけど……」

「やったじゃん！　解決したじゃん！」

「でも……」と、シャーロットちゃんは深々と頭を下げた。

「ごめんなさい！　お金がないみたいなんです！」

「え？　でもシャーロットちゃんのお父さんは貯めこんでるって話じゃん？」

「それくらいのお金は二年前ならあったらしいんですけど……あの、その、えと……カジノで一晩で負けちゃったらしいんですっ！」

あー……。

シャーロットちゃんがスロットマシーンで貯金を全部溶かしたのは……遺伝だったのか……。

何とも言えない表情で私が肩を落としていると、ルイーズさんがパンと手を叩いた。

そして、ルイーズさんが晴れやかな表情でこう言ったんだ。

「もう……よろしいですわ」

「え？　どういうことなのルイーズさん？」

「皆様方が私のために頑張ってくれた。それだけでもう十分です。貴族としての私――お金を失い、爵位を失い、全てを失ったとしても、私は平民として……暁の銀翼という、かけがえのない場所を手に入れることができたのです」

ルイーズさんは清々《すがすが》しい表情だ。

でも……その瞳からは今にも涙が溢れ出しそうになってるよ。

まあ、そりゃあそうだよね……。

あんな変態さんのお嫁さんになるなんて誰だって嫌だよ。

と、そこで私たちのところにギルド長さんが歩いてきた。

「おいマリサ？　お前……金に困ってるのか？」

「そうなんですよ。ギルド長……今すぐに大金が必要で……」

「さっきシャーロットから話を聞いたんだが……イマイチ俺には話が読めなくてな」

「だからルイーズさんの借金が……」

「いや、だから話が読めない。お前の貯金はギルドが責任をもって預かっているよな？」

「ん？　どういうことですか？」

「今回のブラックドラゴンやらラージブラックドラゴン、他にも前回の宝玉の事件での特別功労金とかがあるわけだろ？」

「えーっと、つまり？」

「今のお前の貯金は金貨にして……ざっと十五万枚だ」

その言葉で私たち全員はあんぐりと口を開いた。

「これは……何とかなったってことなの!?」

「やった！　マリサちゃん凄いんです！」

「本当の本当に何とかなったのでございますか!?」

「うむ。万事解決のようじゃ！」

「いや、お前等な？　普通に冒険者として……滅茶苦茶な領域にいるパーティーなんだからな？　何で……それで金に困るという発想になるんだよ」

ハイタッチしながら喜ぶ私たちに、「ああ、やっぱりこいつら馬鹿なんだな……」と、ギルド長さんは呆れ笑いを浮かべている。

「しかし……マリサさん？」

「ん？　神妙な顔をして……どうしちゃったのルイーズさん？」

「私とシャーロットさんは……暁の銀翼にいても本当によろしいんですの？」

何か思うところがあるのか、ルイーズさんに続けてシャーロットちゃんも神妙な面持ちを作る。

「確かに……そうなんです。イヴァンナちゃんは強いから別として、私はマリサちゃんの役に立っているんです？　役立たずじゃないんです？」

「そう、シャーロットさんの言うとおりです。私たちはいつもお世話になってばかり……いや、足を引っ張っている気すらしますわ」

んー。

何を言っているんだろうか、この人たちは。

私としてはみんなで楽しく笑って、ゆるーく生活できてたらそれで幸せなのに。

そして、暁の銀翼だからこそ、それができるっていうのにさ。

「そんなことないよ。みんなは役立たずなんかじゃないよ」

「……」

「……」

あれ……？

何で黙ってるの？

いや、ひょっとして……真面目に凹《へこ》んじゃってる感じ？

「で、でも！　強くなればいいんです！　今は役立たずでも、役に立つようになればいいんです！」

「そうですわ……特訓ですわ！　百式の奇術を究《きわ》めれば、私もマリサさんくらいの力なら……」

百式は止めといた方が……と言いかけたけど、これについては言わないでおこう。

何といっても前向きってのは大事だからね。

「よし、それじゃあ借金を叩き返しにいこう！　とにもかくにも、あの若旦那に引導を渡さないといけないからね！」


と、そんなこんなで――。

私たちはルイーズさんの婚約者の大商会の若旦那の邸宅にやってきた。

ちなみにルイーズさん曰く、若旦那の名前はルーハルトで、専属の男の執事さんがリチャードという名前らしい。

それで、お屋敷の応接間で金貨の袋を渡すと同時、ルーハルトさんは快く借用書を私たちに返してくれたんだ。

「ルイーズ嬢……今まで借金で縛るような真似をして、申し訳なかったな」

「ともかく、これで婚約は解消ということでお願い申し上げますわ」

ルイーズさんそう告げるや否や、ルーハルトさんは立ち上がり、隣に立っていた執事のリチャードさんに抱き着いたんだ。

「これで晴れて愛し合うことができるな、リチャード」

「はい、ルーハルト坊ちゃま！　リチャードは……坊ちゃまをお慕いしておりますっ！」

「俺が本当に愛しているのは――お前だけだ！　リチャード！」

「坊っちゃま！　私も坊ちゃまだけを愛しています！」

そうして、二人は強く強く抱きしめ合い、頬を染めながら互いに見つめ合ってしまった。

ちなみに、ルーハルトさんもリチャードさんも両方とも男なんだけど……。

と、私の頭の中はクエスチョンマークに満たされた。

「えーっと……どういうことなんですかルーハルトさん？」

「私もルイーズ嬢と同じく、親に強制される婚姻に……抗《あらが》っていたということさ」

「と、おっしゃると？」

「さすがにルイーズ嬢が……私のことをどうしても無理だと泣き叫べば、無理な結婚はやりづらくなるだろう？」

「じゃあ、つまり変態さんを演じていたのは……？」

「嫌われるために決まっているだろう？」

と、そこで執事のリチャードさんが私たちを睨みつけてきた。

「失礼ですがお客様方？」

「はい、何でしょうかリチャードさん？」

「……お引き取りいただけますか？　これから先は……坊ちゃまと執事との愛の時間ですので」

そうして二人は再度強く抱き合い、今にもキスをしそうな感じになっていたんだ。


――こりゃあ酷い……酷い……絵面だね。


そんな素直な感想を抱いたわけだけど、まあ……お幸せにってのも素直な感想かな？

よくよく考えるとルイーズさんもルーハルトさんも、お互いに辛い結婚を押し付けられたという同じ境遇だったわけだしね。

と、まあそんなこんなで――。

ルーハルトさんの屋敷を後にしようと思ったわけだけど、私はルイーズさんが涙を溜めていることに気が付いた。

そして、彼女が震えて……恐らくはその場から動けない状態であることを。

その震えと、溜めた涙は安堵からくる嬉しさによるものか、はたまた……これまで我慢してた恐怖や嫌悪感によるものかは分からない。けれど――

「ねえ、ルイーズさん？」

「何でしょうかマリサさん」

「私には……貴族のプライドとかそういうのよく分かんないけどさ」

「……はい」

「ルイーズさんはシャーロットちゃんが好きだよね？　フー君やヒメちゃんのことだって好きだよね？」

「……はい」

「私やイヴァンナちゃんのことも……少なくとも嫌いではないよね？」

「……はい」

「難しいことは本当によく分かんないんだけどさ。私たちの前でルイーズさんって泣いたことないよね？　泣きそうになったことはあったけど、泣いたことはない。いつも……涙がこぼれないように我慢してた」

「……」

「それどころか、今回の件だって私たちに自分からは頼ろうとはしなかった」

「……」

「素直になっていいんだよ？　貴族だからって変に気取らず、頑張らず、ありのままのルイーズさんで、みんなで……仲良く楽しくやればいいじゃん」

「……」

「もちろん、泣いたっていいんだよ？　だって、私たち——友達じゃん？」

その時、ずっと何かに耐えていたルイーズさんの頬に涙が伝った。

そうして、ルイーズさんは私にギュっと抱き着いてきたんだ。

「怖かったですわ。私はずっと……誰にも頼れず途方に暮れていましたわ。貴女たちにさえ、実家が没落をしたことを言えなくて……お腹が空いて、心細くて……それで、それで私……ずっと……ずっと一人で……」

「もう私たちがいるから……大丈夫だから」

それで、私に抱き着いたまま、しばらくルイーズさんはその場で泣き続けてたのだった。

chapter 3

マリサとお家づくりと暗黒の破壊神

其《そ》れは旧《ふる》き者。

其れは混沌より生まれし者。

其の名は「破壊神：アオ」。

其れは魔王の系譜を持つ者にして、原初の魔神。

神代の時代においてすら、人々は其の名を出すことをはばかるほどに、其れを畏《おそ》れ、其れに絶望し、其れを憎悪した。

——その、あまりのおぞましさに。

――その、あまりの破壊の力に。

――そしてその、あまりの残虐性に。

アオがこの地に生まれ落ちたのは三千年ほど前である。
彼は神魔大戦の最中に魔王の遺伝子より、魔導生物兵器として作られた。
つまりは、恣意的に神を作製するという魔導禁忌学の研究の賜物《たまもの》である。

――魔王と魔神の孫。

それが遺伝子的な彼の血統であり、胎内にいる頃よりその魂魄《こんぱく》と肉体には禁忌による強化が施された。
長きにわたる戦争を終わらせる決戦兵器――つまりは破壊神としてバイオデザインされたのが、彼だった。
が、その生命が生まれ落ちる際、製作者の誤算が一つ生じたのだ。

――つまりは、戦争の終結。


アオが戦場に投入される前に争いは終わり、結局のところ、彼は力を奮う場所を与えられなかった。

そして、魔界の陣営はアオを持て余すことになった。

純粋な破壊の力としてデザインされた彼は、常に体の中に破壊と強者を求める欲求の源泉を抱えている。

そして力の発散の場所もないため、臨界を超えた破壊衝動が制御不能に陥った。

そうして、魔界と人間の都市をいくつか壊滅させた後、彼は人間界の極地に封印されることになった。

そして今――。
ここは未踏破領域、俗に極地と呼ばれる場所である。
永久凍土の地下深く――。
三千年前に設置された氷の棺《ひつぎ》の封印にヒビが入ると同時、アオは永きに渡り固く閉ざしてた自身の瞼《まぶた》を開いた。

——俺は魔王と魔神の孫。

——俺の定めは……サーチ&デストロイ。


彼の目的は単純明快だ。

全てを焼き尽くし、破壊し、強者を炙り出し探り当てる。

つまりは、遂に三千年前に使われることになかったその破壊の力を強者に存分にぶつけること。

そうして、全ての強者を屠《ほふ》った後、全てを破壊すること。

要は、遺伝子のレベルで刻まれた、彼の存在意義のとおりに生きることだ。

そして、彼は感じていた。

同じく三千年前、戦争終結後に最強に近い力を得た女の存在を。


——聖女と武神の孫娘：シェリル＝アークロイド。

——そして、その転生体であるマリサ＝アンカーソン。

「最初の標的にはふさわしいな」

氷の棺より起き上がった彼は海へと向けて歩き始めた。

やがて海岸に辿り着いた彼は遠く水平線を眺め、小さく頷いた。

「それでは行こう。この世の全ての強者を刈り取りに」

そうして彼は海に飛び込み、バタフライ泳法で――猛烈な勢いで海を泳ぎ始めた。


魔王の系譜を持つ者にして、原初の魔。

其の名は破壊神「アオ」。そう、つまり彼は――

――破壊神なのに空を飛べず、遠距離移動は海を泳ぐという手段しか取れなかったのである。

◆

「前回の事件は酷いオチだったね」

「ええ、そうでございますわ」

ルイーズさんの婚約者の事件は……まさかのゲイだったというオチで幕を閉じた。

あ、ちなみに借金の返済については私がお金を出したんだよね。

けど、それは今後無利子で少しずつ返して貰うって形になっている。

別にお金は返さなくてもいいよって私は言ったんだ。

だけど「それは違う」とルイーズさんを含めて全員に言われたんだよね。

なので、そういうことにしている。

まあ、よくよく考えてみるとそこをグダグダにしてると良くないよね。

そんなんで対等なお友達の関係には絶対にならないだろうし。

と、それはさておき――。

あれからイヴァンナちゃんにも色々と思うところがあったみたい。

この地域限定での話なんだけど、今度、吸血鬼と龍族の間で会合が開かれることになったんだ。

と、いうのも吸血鬼と龍族は基本的には冷戦状態にあるんだよね。

もちろん、時には大規模な戦闘が起きることもある。

それで会合の趣旨としては、これ以上の過度な敵対関係は双方にメリットがないということを知らしめること。

つまりは、種族間の停戦を明確に決議することになる。

このあたりの地域はイヴァンナちゃんのシマなので、吸血鬼側の意向は既に決定しているんだよね。

んでもって、龍族としてはカイザードラゴンさんが今頃……色んな龍の里を説得するために駆けずり回っている最中らしい。

今後、どういう風になるかは分からない。

けれど、少なくとも今のところは吸血鬼と龍族の関係は改善に向かっていると言えるだろう。

と、そんな感じで、私たちはいつものようにギルドの食堂でみんなとワイワイお茶を飲んでいたんだけど――

「マリサちゃん相変わらず可愛いわね。お茶請けのお菓子として食べちゃいたいわ」

「ダーリアさん!?」

言葉の通りに突如として現れたのはダーリアさんだった。

っていうか、普通に誰も気づかない内に隣のテーブルに座ってお茶を飲んでいた。

で、前回と同じくこの距離まで気づかれずに接近を許したことになる。

そのせいでイヴァンナちゃんは苦虫を噛みつぶしたような顔をしているね。

「何しに来たんですかダーリアさん?」

「ああ、イヴァンナの定期検査よ」

「定期検査?」

「知っての通り、今……聖教会内ではこの娘《こ》が一番危険視されているから。ちょっとした弾みで監禁とか殲滅《せんめつ》対象になるのは忘れないでね」

「そういえばそんな話でしたね」

「イヴァンナ？　ちょっと立って貰えるかしら」

言葉を受けて、イヴァンナちゃんは不機嫌な感じで渋々と指示に従った。

それで、ダーリアさんはイヴァンナちゃんの頭の先から足元までをじっくりと凝視したんだ。

それはもう、舐めまわすように。

「しかし、本当にイヴァンナの背丈は伸びないわね？」

「まあ、真祖の吸血鬼に寿命はないからの。成長はゆっくりじゃ」

「しかし、二百年もの間……一ミリも身長が伸びてないって話じゃないの」

「父上も母上もスラリとした長身じゃったし、我も百七十五センチくらいまでは伸びるはずじゃぞ？　モデル体型になるはずじゃぞ？」

そこでダーリアさんは「いいこと思いついた」とばかりにポンと手を叩いた。

そうして、ニヤリと笑ってこう言ったんだ。

「ちょった貴女たち？　四人全員横一列に並びなさい」

どういうことなの？

イヴァンナちゃんの検査なのに私たちも？

と、私たちの頭の中にクエスチョンマークが浮かんだ。

でも、まあここは言うことを聞いておこうか。

と、そんな空気になったので、全員で言われたとおりに一列に並んだんだよね。

「えーっと、大きい順に……ルイーズ、シャーロット……次は……」

ダーリアさんは私とイヴァンナちゃんを交互に眺めて「むむむ……」と難しそうな表情を作った。

ん？

これってどういうことなのかな？

そこで私はポンと手を叩いた。

ああ、そういうことか。

私とイヴァンナちゃんは背の大きさがほとんど互角ってところなんだろうね。

今まで、私は自分の背が同年代の中だと滅茶苦茶小さい方だってのは自覚してた。

っていうか、それはもう、それは最小ということで、そういうもんだと思ってた。

諦めてたと言ってもいいだろう。

けど、互角の勝負でデッドヒート状態なら、是非ともここは勝っておきたいところだよね！

そう考えると……テンションが上がってきたよ！

「だ、ダーリアさん！　どっち！　どっちなんですか！　どっちが大きいんですか！」

「うーん……これは難しいわね……」

「ど、ど、どっちなのじゃ!?　我はロリババアが故に小さいのは当たり前じゃが、さすがにマリサには勝っておろう!?　胸も我の方がおおきかろう？」

イヴァンナちゃん……今のは言っちゃいけないやつだよ。

私はイヴァンナちゃんをキっと睨みつけた。

『さすがにマリサには勝っておろう!? 胸も我の方がおおきかろう?』とか、そんなことを言ったら——

——あとは戦争しか残ってないよ！


背丈は百歩譲るにしても、胸についてだけは触れちゃいけないよ！

「どっちなんですかダーリアさん！」

「どっちなのじゃダーリア!?」

そうして二人の縋《すが》るような視線を受けて、ダーリアさんは——

「勝者はマリサちゃんよ」


よし！

っと、私はガッツポーズを取って、イヴァンナちゃんは「バカな……」とその場で放心状態になった。

「背丈は僅差でマリサちゃん。胸はどちらも寸胴だけど、ミリの単位でマリサちゃんの胸部に膨らみが確認されたわ」

「な……ん……じゃ……と……」

そうしてダーリアさんはシャーロットちゃんのところに歩いていったんだ。

で、今日のシャーロットちゃんはハンチング帽とカッターシャツにネクタイみたいな服装なんだ。

そこで、ダーリアさんは「失礼するわね」と、シャーロットちゃんのネクタイを解《ほど》いたんだよね。

そのままダーリアさんはイヴァンナちゃんの頭の横にネクタイを並べて、そのままネクタイを床に向けて吊り下げたんだ。

「現実を認めなさいイヴァンナ。今の貴女の身長はこんなものよ」

「なっ!?　ネクタイと我の背丈が一緒じゃと!?」

言葉の通りだった。

確かにネクタイの長さとイヴァンナちゃんの背丈は丁度一緒だったんだ。

「そうよイヴァンナ。認めなさい。貴女は背が小さいわ。それこそ――ネクタイの長さレベルにね」

「バカな……そんな……馬鹿な……」

いや、めっちゃショック受けてるみたいだけどさ？

それって、つまりは私もネクタイってことだからね。

「どう？　マリサちゃんに負けて悔しい？　ネクタイと一緒で悔しい？」

「く、く、悔しくなんてないのじゃ」

気丈に胸を張るイヴァンナちゃんだったけど、その頬にはキラリと涙が一筋流れた。

──な、な、泣いてる────っ!?


私に負けたのがそんなに嫌なの!?

っていうか、私と同じくらいの身長って泣くようなことなの!?

っていうかこの流れって、転生者さんが記憶を頼りに残したチキュウとかいう場所のシンキゲキっていう物語で見たことがあるような……ないような……。

と、そこでダーリアさんはクスクスと笑い始めたんだ。

「ふふ、ロリババアはやっぱり……こうやって苛《いじ》めるのが一番可愛いわ。ところでマリサちゃん？」

「はい、何でしょうか？」

「いいお尻してるわね」

物凄く自然な感じだったので、お尻を撫でられるまで反応できなかった。

「止《や》めてください！」

慌てて後ろに下がったけど、私の全身の肌が粟立つことは避けられなかった。

っていうか、やっぱりダーリアさんが一番ヤバい人な気がするよ……とほほん。

「ああ、そうそうマリサちゃん。今すぐに宿を引き払ってもらうから。マリサちゃんはこれから街の外に住んでもらわないといけないことになったのよ」

「唐突に引っ越しすることを宣言されて、驚きを禁じ得ないとはこのことです」

どういうことですか？　とばかりに私は口をあんぐりと開いた。

「いやね、貴女たちって聖教会内ではちょっとした有名人なのよ？」

「と、おっしゃいますと？」

「目立つなっていう指示は前にしてたわよね？」

「確かにそういう話は聞いてますね、高ランクの依頼を受けるなであるとか」

「目立つなっていうのは別に高ランクの依頼を受けるなって話だけじゃないのよ」

「ふむふむ」

「素材採取でケルベロスを使って五千を超えるモフモフを使役したり――」

「ぐっ……」

「カジノで反射神経と動体視力にモノを言わして滅茶苦茶やったり――」

「ぐっ……」

「Sランク冒険者パーティーに不要に力を見せつけてビビらせたり――」

「あれは特命任務だったからっ！」

「まあ特命任務の方はいいとしても、マリサちゃんは大人しくする気……無いでしょう？」

「そんなことないですよ！　めっちゃ気を遣ってますよ！　ねえ、シャーロットちゃん!?　ルイーズさん!?」

と、私は縋るように二人の方を見る。

だけど、二人は目を泳がせて床の方に視線を向けてしまった。

それはもう、まるでダーリアさんの言ってることが全面的に正しいという感じで。

「っていうことで、しばらく貴女には人里から離れてもらいます」

「行動範囲制限されちゃうってことですか?」

「住む場所をちょっとの間、人里離れた秘境に移すってだけよ。今は聖教会内でマリサちゃんとイヴァンナの今後の扱いを検討している大事な時期だからね。悪いようにはしないからお姉ちゃんの言うことは聞いときなさい」

「そんなこと言ってもダーリアさんを信じる材料がありませんよ。いつも変なことばっかり言ってますし」

「お姉ちゃんとしては、ロリータは天真爛漫に自由に生きてる方が好きなのよ。だから全力を尽くすから安心なさい」

「確かに説得力ありますねそれ!」

その言葉でダーリアさんはニコリと笑って大きく頷いた。

「まあ、人間のいない街の外であれば、ある程度好きに動いていいわ」

「でも、外に住めって具体的にどうすればいいんですか?」

「人里離れた場所に住むところは用意するから。そこで一か月くらい問題を起こさず過ごしなさいな」

「ふむふむ」

「その間に貴女たちの今後について決定して、その後の生活についてはまたその時に説明するわね」

「うーん……つまりは秘境での長期キャンプってことなんですかね？」

その言葉でダーリアさんはポンと手を叩いた。

「そういうことね。そう思ってもらうのが一番精神衛生上もいいかもしれないわ」

「あ、そうだ！　それって友達を連れていってもいいんですか？」

「構わないわ」

「ルイーズさん！　行こうよ一緒に！」

「え？　私でございますか？」

「馬小屋に住んでるって言ってたし、今は魔法学院もお休みだよね!?」

「マリサちゃん！　そういうことなら私も行きたいんです！」

「うん！　そうしようシャーロットちゃん！」

「マリサよ……我を置いていくのか？」

「もちろんイヴァンナちゃんも一緒だよ！」

「ひめもいっしょー」

「我も久しぶりの長期大自然滞在にウキウキじゃ。基本は我も魔獣じゃしの」

いやはや、何か急に楽しくなってきちゃったね。

行動制限って聞いた瞬間は何だか嫌な感じだったけど、みんなで長期のお泊り会って考えると急にバカンス感出てくるよねー。

そうして私たちがはしゃいでいると、ダーリアさんはコホンと咳ばらいを一つ。

「それじゃあ決定ってことでいいのね？」

「はい！　秘境ってことなので みんなで珍しい採取素材を集めたりして一か月遊んで暮らそうと思います！」

「それじゃあ……」

と、ダーリアさんはパチンと指を鳴らした。

するとギルドの食堂に、私と同い年ぐらいの茶髪の猫耳少女が入ってきたのだ。

ちなみにこの娘は聖教会のシスターの服を着ているので、ダーリアさんの関係者だろう。

「この娘が貴女たちを世界樹の聖地まで案内するわ」

「私の名前はリージュです。これからよろしくお願いします」

それで――。

私たちが向かうべき世界樹って場所は歩いて行ける距離ではないということだった。

なので、カイザードラゴンさんに乗せていってもらうことにしたんだよね。


「わー！　カイザードラゴンさん！　サラマンダーより、ずっとはやい!!」

物凄い速度でかっ飛ばしてくれたし、空の旅は快適の一言だった。

「マリサよ、お主はサラマンダーに乗ったことがあるのか？」

イヴァンナちゃんの問いかけに、私は小さく首肯した。

一人で山籠もりしてる時にサラマンダーさんと仲良くなったんだけど、やっぱり小さかったから……カイザードラゴンさんの方が、ずっとはやい感じなんだよね。

で、そんなこんなで住んでいた町からカイザードラゴンさんタクシーを利用して二時間ほどが経過したわけだ。

すると、私たちの向かう先に、超デッカイ大木が見えてきた。

世界樹の根元《ねもと》でカイザードラゴンさんから降りた私たち。

「ここが世界樹です」

お礼をいってからバイバイすると、リージュちゃんが軽く伸びをしながらそう言ったんだ。

「しかし本当におっきいね！」

「何しろ、ソラにまで伸びているとか伸びていないとかいう話ですからね」

「ソラ？　まあ、大きすぎて先の方は見えないけど。確かにお空には伸びてるかもだね」

「んー……。この場合のソラとは空気が無い場所のことで、この星の重力を抜けた場所のことなのですがね。生物が生存できるはずもなく、世界樹の生態は謎に包まれているんですよ」

「うん！　何言ってるかさっぱり分かんない！」

ニコリと笑ってそういうと「なるほど、ダーリア様が好きそうなタイプですね……」と、リージュちゃんはクスリと笑った。

「まあ、ここは世界中の色んな宗教や種族の聖地となっているくらいに不思議な場所ってことですよ」

「うん、何かこう……すっごいパワーありそうな大木だもんね！　でも、色んな宗教の聖地なのに何で聖教会が管理してるみたいになってんの？」

「そこは私たちがすっごいパワーを持っているからです」

「軍事力と権力でのゴリ押しだねっ！」

「非常に語弊のある言い方ですが、平たく言えばそうなりますね。しかし、共同管理のような感じなので本当に無茶はしてませんよ」

「なるほどー」

「しかし本当にすいませんね、マリサさん。私たちの都合でこんなところに一か月も住めだなんて」

「いやいやいいんだよリージュちゃん。私たちってかなりややこしい存在みたいだから」

「まあ、それは間違いなくそうなんですけどね。それじゃあ住居へご案内しましょうか」

と、私たちはリージュちゃんに連れられて、世界樹の周囲を回るように歩き始めたんだ。

「用意している住居はこの裏側あたりにありますので」

「っていうか、本当にこの木って大きいね。一周でどれくらいの距離があるの？」

「普通に歩いて一時間くらいですかね？」

私たちはトコトコと二十分くらい歩くことになった。

そうして、リージュちゃんは「あ……」と、荷物を落としてその場で絶句したんだ。

「ん？　どったのリージュちゃん？」

「住居が……」

リージュちゃんの視線の先を追ってみると、そこには——

——嵐か何かで半壊したボロボロの小屋があったのだ。

「申し訳ありません。誰も住んでいないので……管理連絡に不備があったようです」

「うーん、小屋がダメなら……じゃあテントとか張ろうか？」

まあ、その辺りは冒険者としての野営で慣れてるしね。

と、そこでイヴァンナちゃんは首を左右に振った。

「我は吸血姫ぞ？　一日二日であればキャンプもアリじゃが、一か月もそんな簡易宿では耐えられぬ！」

「えー、じゃあどうするの？」

「こうやって材料を集めて小屋を修理すれば良かろう！」

そうしてイヴァンナちゃんは掌を上方に突き出して、ニヤリと笑った。

「覇王風刃陣《エターナル・エッジ》！」

そのまま風の刃が上空に飛んでいって——

——世界樹のものと思わしき巨大な枝が、空からドサドサ降ってきた。

「ここは聖地ですよ⁉　世界樹は信仰の対象ですよっ⁉」

えー！

リージュちゃんが物凄く大きな声を出しちゃってるよ！

なので、私はイヴァンナちゃんに尋ねてみたんだ。

「イヴァンナちゃん？　世界樹って傷つけたら不味《まず》いんじゃないの？」

「まあ、幹でない枝葉なら大丈夫じゃろ。我の父上も世界樹の枝で色々作っておったしの」

「あ、そうなんだ？」

「そもそも、この世界樹はほとんど腐りかけの死にかけじゃ。近くに二代目の世界樹があって、信仰の対象もそっちに移っておるし……それとなマリサ？」

「ん？　何？」

「世界樹で作った家はパワースポットと呼ばれておるんじゃぞ？　何だか凄そうな感じがせんか？」

「するよ！　何だか凄そうな感じがするよ！」

で、どこから取り出したのか大工道具を一式並べてイヴァンナちゃんはパンパンと手を叩いた。

「それじゃあ製材をしようか」

「凄い！　イヴァンナちゃんは大工さんもできるんだ⁉」

「ふふ、我は永き時を生きるロリババアぞ？　大概のことはできるっ！」

「ってことでリージュちゃん？　世界樹で家を作っても大丈夫みたいだよ？」

「えー……」

ん？

嬉々《きき》として世界樹で材木を作り始めたイヴァンナちゃんに、リージュちゃんはドン引きしている様子だね。

「あれ？　イヴァンナちゃんは大丈夫って言ってるけど、やっぱ不味いの？」

「いや、不味くないと言えば不味くないですが……実際に信仰の対象は二代目に移っていますし、宗教や種族によっては枝なんかを採っていく場合もありますし……少なくとも法には触れませんね」

「なら、問題ないじゃん」

「しかし、家の補修で『何となくそこにあったから』みたいなノリで採るのは前代未聞というか何というか……」

「あ、そうなんだ？」

「そもそも世界樹の枝って相当な高度の場所に生えているので、簡単に伐採できるものじゃないっていうのも理由にはあるんですが……」

「じゃあ、私たちは簡単に採れちゃうから、『何となくそこにあったから』みたいなノリで採ってもいいんじゃない？」

「いや、確かにそう言われればそうなんですが……」

しばらくリージュちゃんは納得がいかない感じで何やら考えていた。

だけど、最終的に呆れ笑いを浮かべてこう言ったんだ。

「しかし、本当に貴女たちは自由ですね」

「ん？　自由？」

「色んなものに縛られて、身動きが取れない状態が長く続いているダーリア様が貴女たちのことを好きになるのも分かります」

「ロリータ的な意味での好きってのはノーサンキューだけどね」

「いや、実際にあの人は貴女たちを色々と気にかけていますよ。貴女たちのために色んな部署に無茶ぶりばっかりやってますし」

うーん。

こういうことって他の人から聞いちゃうと、信ぴょう性がすっごい上がるんだよね。

だから、私の中でダーリアさんに対するイメージがちょっとだけ変わったのも事実だ。

と、そこでリージュちゃんは「うわあああ！」とその場で大きな声を上げた。

「どうしたの？」

「小屋が……小屋が……っ！」

さっきからイヴァンナちゃんが補修していた小屋の方に私は視線を向ける。

すると、つい五分ほど前まで壁も屋根もボロボロだった小屋が――

――何ということでしょう！　匠《たくみ》の手によって、そこには新築と見まがう小屋が建っていたのです。

「いや、補修するにしても速すぎないイヴァンナちゃんっ!?」

「ふふ、我は永き時を生きるロリババアぞ？　大概のことはできるのじゃっ！」

と、まあそんなこんなで――。

私たちは立派な小屋に住むことになったのだった。

◆

さて、世界樹の小屋は吸血姫として名高い匠の手によって生まれ変わりました。

匠独自の人脈や、匠ならではのアイテムの数々――。

はたして、様々な工夫が施されたこの小屋は、どのように生まれ変わったのでしょうか？

まずは玄関です。

それまでは雨風に晒され、建付けも悪く開け閉めに困っていたドア。それが匠の手にかかると――

——何ということでしょう！　骨系のアンデッドが数体合体しドアを形作り、正に地獄の門と言った風情。更に意思を持って自動開閉式のドアになりました。これで泥棒の心配もありませんし、バリアフリーもバッチリです。

続いてはトイレです。
汲み取り式で臭いが気になるトイレでした。しかし、それが匠の手にかかると——

——何ということでしょう！　腐食系のレアスライムが即時に化学分解し、臭いもなくてフローラル。いつでも爽やかな空気に包まれるトイレになりました。

そして続けてお風呂です。
薪《まき》をくべてお湯を沸かすのが大変なお風呂でした。それが匠の手にかかると——

——何ということでしょう！　伝説の炎剣を利用した無限湯沸かしシステムで、いつでも熱いお風呂を楽しめるようになりました。

そして最後に寝室です。

風通しが悪く、夏場は寝苦しいと評判が悪かった寝室でした。しかし、それが匠の手にかかると

――

――何ということでしょう！　専属の死神が二十四時間体制で、浅い睡眠から永眠まで、お好みのタイプで精神魔法をかけてくれるオーダーメイドスリープシステムベッドとなりました。

「最後のおかしいんです！　そんなの絶対おかしいんです！」

「流石《さすが》に永眠はノーサンキューですわ！」

と、シャーロットちゃんとルイーズさんが恐れおののいているけれど……。

実は、死神ベッドと地獄の門の見た目以外は概《おおむ》ね好評なんだよねー。

特に好評なのは伝説の炎剣を使ったお風呂システムだ。

いつでもお風呂に入れるってのは、本当にありがたいよね。

シャーロットちゃんとかは特に綺麗好きだし。

それにキッチン回りとかも炎の精霊とか水の精霊とかの魔道具を贅沢に使って、非常に使い勝手がいいんだ。

冷蔵庫もコンロも自由自在みたいな感じで、ルイーズさん曰く「下手な大貴族の家より凄い」って

ことらしいね。

褒める度にイヴァンナちゃんの鼻が天狗《てんぐ》のように伸びているのが分かる感じで、上機嫌で「カッカッカ」と笑ってたし。

ただ、お風呂の炎剣を見た瞬間にリージュちゃんは「これは流石にもったいないのでは……？」とドン引きしていたので、本当に名のある名剣だったんだろう。

イヴァンナちゃん曰く「父上の宝物庫にはたくさんある」ということで気にしなくていいって話だから、私たちは気にしないけどね。


と、まあそんなこんなで――。

その日はイヴァンナちゃんの人脈で家具が運び込まれてきたり、内装工事をしたりで、てんやわんやだったんだ。

しかし、「永き時を生きるロリババアなので大概のことはできる」という話は本当だった。

あれよあれよという間に、どんどん小屋が完成していくのは圧巻の光景だったね。

それと、この周辺は冒険者ギルドの仕事にとっても有用なんだ。

秘境ってだけあって珍しい素材がたくさんある。

珍しい魔物だってたくさんいる。

なので、この小屋は今後の遠征の拠点にしようかという話も出たくらいだ。

で、夕暮れには全ての作業が終わったので、私たちは引っ越し祝いにバーベキューをすることになったんだよね。

「せっかくだから世界樹の枝でキャンプファイアーをして肉を焼こうよ！」

「ほう、それは面白い」

「賛成なんです！」

「世界広しといえど、それをやった貴族はそうはいないと思いますわ」

で、ノリノリの私たちにリージュちゃんは――

「いやいやいやいやいや！　聖地ですからね！　世界樹という存在そのものが聖地ですからね！」

と、一人で叫んでいた。

とはいえ、別に私たちは特定の宗教とかを信じているわけではないので、気にしないよね。

そうしてお肉が焼きあがり、私たちは一斉にお肉にパクついたんだ。

「美味しい！」

「食べたことのない感じのお肉なんです！　これって何のお肉なんですか、イヴァンナちゃん!?」

「塩だけの味付けなのに、どうしてこんなに美味しいのでございますか？」

シャーロットちゃんとルイーズさんの問いかけに、イヴァンナちゃんはニヤリと笑ってこう答えた。

「サマエルの肉じゃ！」

と、そこでリージュちゃんはブ――――っと飲んでいたワインを吐き出した。


「魔王の肉じゃないですかっ！」


「鳥っぽい味がするじゃろ？」

「蛇の魔王ですからね！　そりゃあ蛇と同じ味なら鳥っぽい味でしょうよ！　っていうか、どうやってそんなもん手に入れたんですか！」

「父上が神魔大戦の時代に持ち帰っての。冷凍保存しておって、特別な時に食べておる」

「もう……何というか無茶苦茶ですよね……」

でも、リージュちゃんも……実はどんな味がするのか気になるみたい。

証拠に、恐る恐るという感じでパクリと一口いったんだもんね。

「あ、美味しい……」

「じゃろ？　じゃろ？　美味しいじゃろ？」

と、そこでイヴァンナちゃんは腕まくりをして立ち上がったんだ。

そうして、特設のカマドの前に立って、大きく頷いて彼女はこう言った。

「では、小屋の完成記念に我が食後のデザートを作ってやろう」

「え!? イヴァンナちゃんは料理もできるの!?」

「ふふ、永き時を生きるロリババアに不可能の文字はないのじゃっ！」

そうして、イヴァンナちゃんが取り出した材料は――

・卵　四個
・牛乳　四百ミリリットル
・砂糖　三十グラム
・オリーブ油　大さじ四
・薄力粉　　四百グラム
・ベーキングパウダー　小さじ四

「それで何を作るつもりなの？」

「うむ、パンケーキじゃ」

ニッコリと笑ってイヴァンナちゃんは材料を混ぜ合わせ、慣れた手つきで調理を進めていく。

どうやら「永き時を生きるロリババア」の理論は本当らしいね。

大工もできるし料理もできるし……ロリババアって凄いなぁ……と、私は思う。

そうして、パンケーキをフライパンで焼き始めて待つこと数分。

香ばしい匂いが周囲に漂い、イヴァンナちゃんは懐から取り出した何かをパンケーキの上に振りかけ始めた。

「そして仕上げに……最高にハイになる怪しい粉を一振りじゃっ！」


「「「それはダメなやつ――――！」」」


と、さすがにリージュちゃんだけじゃなくて、全員がイヴァンナちゃんに声を荒らげた。

「いや、別にこれは禁止薬物でもないしの？　料理酒みたいな感覚じゃよ」

えー……大丈夫かなあ？

ともかく、見た感じは普通のパンケーキだ。

怪しい白い粉も砂糖の粉末を振りかけているみたいな感じで、ぶっちゃけて言うと見た目的には物凄く美味しそう。

そんでもって、香りも凄くいい。

なので、恐る恐るという感じで私はパンケーキを一口食べてみたんだ。

「あ、美味しい」

私の言葉に続いて、みんなもやっぱり恐る恐るという感じで食べ始めた。

「美味しいんです！」

「美味しいですわ！」

「私は遠慮しておきます」

まあリージュちゃんは聖教会のシスターってことで、お堅い職業だからね。

さすがにハイになる怪しい粉というのには抵抗があるのは頷ける。

そうして、私たちはパンケーキの上にバターをのせて、メープルシロップをたっぷりとかけてバクバクと食べ始めた。

「いやー、本当に美味しいね」

「はい、本当に美味しいんです！　はは、ははは！　あー、美味しいんです！」

「ふははっ！　いや、これ本当に美味しいでございますよね！　ははっ！」

「うん、本当の本当に美味しいよ！」

「美味しいんです！　あは、あははは、あはははは！　美味しいし楽しいんです！」

「ふひゃ！　ひゃはは！　美味しいですわ！　それと――大好きですわ！　シャーロットさん！」

ルイーズさんが突然シャーロットちゃんに抱き着いてしまった。

しかも、頬ずりまでして恍惚の表情だ。

「え、何するんです？　ルイーズさん!?」

「ですから、大好きなのです！　あー！　可愛いですわシャーロットさん！　あはっ！　あはは！

あはははは っ！」

むぎゅーっとばかりに、ルイーズさんはシャーロットちゃんを固く抱きしめて離さない。

「あははー！　ルイーズさんが抱き着いてきたんです！　面白いんです！」

はたして、これは何が起きているのだろうか？

と、そこでシャーロットちゃんが私の胸に手を伸ばしてきたんだ。

「おっきくなーれ！　おっきくなーれ！」

私の胸を揉み揉みしながらそんなことを言うシャーロットちゃん。

「な、な、何をやっているのシャーロットちゃん！」

「大丈夫ですマリサちゃん。マリサちゃんの悩みは分かっているんです！」

「な、な、悩み!?　何を言ってるの!?」

「錬金術師を目指す私に不可能はないんですっ！　貧乳に悩んでいることもお見通しなんです！」

「えー!?　どういうこと!?　っていうか、何で私は胸を揉まれているの!?」

「ふふ、それはですね——」

そこでシャーロットちゃんは懐からポケットサイズの辞典を取り出した。その本の題名は——

——『家庭の錬金術～巨乳になるための儀式大全～』

「あるんだ、そんな本がっ！」

「はい、あるんですよ！　そんな本が！」

いやはや、まさかこんな書物があるなんて……と、私は驚愕のあまりに口をあんぐりと開けた。

「た、確かに私は貧乳で悩んでいるんだけど、本当に巨乳になる方法があるの⁉」

「ええ、ありますよ！　それはズバリ――これです！」

パラパラと辞書をめくり、とあるページをシャーロットちゃんは指さした。

「巨乳体操⁉」

「そうなんです！」

「でも、錬金術は全然関係なさそうだけど大丈夫⁉」

「この体操は呪術の一種ですからね！　さあ、気合を入れてやってみましょう！」

うーん。

効果のほどは……むっちゃ不安だ。

ちなみに、シャーロットちゃんはこの話の最中、ずっとルイーズさんに頬ずりされているけど、気にも留めていないようだ。

「さあマリサちゃん！　私の真似をして体操するんです！　この体操はずっと薦めたいと思っていましたが、恥ずかしくて言えませんでした！　でも、今日のテンションなら言えるんです！」

するとシャーロットちゃんは自分の胸を両掌《りょうてのひら》でむんずと掴んで、何やら念を込め始めた。

そうして胸を揉み揉み揉み揉みしながら、妙に陽気にリズミカルにこう言ったのだ。

「おっきくなーれっ！　おっきくなーれっ！」

えええええ……っ!?

さすがにそれは抵抗あるかな？

「徹夜明けの時みたいな底抜けのテンションで、一心不乱に『おっきくなーれ！』と願うと、おまじない的な効果が出て……胸が大きくなるらしいですよ」

「底抜けのテンション……？　いや、それは……さすがにできないよ。何て言うか……恥ずかしいし」

「むー……それは困りましたね。でも、これをやればマリサちゃんはロリ巨乳になること間違いなしなんです！」

ロリ巨乳……？

何て言う魅惑的なワードなのっ!?

そんな素敵なワードを聞いたら、もうやるっきゃないでしょ！

私たちは頷きあい、そしてそれぞれがそれぞれの胸を、自身の両掌でむんずと掴んで——

「おっきくなーれっ！　おっきくなーれっ！」

「おっきくなーれっ！　おっきくなーれっ！」


あ、何か楽しくなってきたね！

恥ずかしがらずにノリノリで……開き直ることがポイントっぽいね！

そうすれば……何て言うか吹っ切れた感じがして、恥ずかしさが消えて楽しさが勝ってくる感じだよ！


で、私たちはお互いに満面の笑みを向け合い、胸を揉み揉み揉み揉みしながら——


「おっきくなーれっ！　おっきくなーれっ！」

「おっきくなーれっ！　おっきくなーれっ！」

「おっきくなーれっ！　おっきくなーれっ！」

「おっきくなーれっ！　おっきくなーれっ！」


いやー、何か本当に楽しくなってきたね。

と、そこでイヴァンナちゃんは気まずそうな表情でボソリとこう言ったんだ。

「……全員がハイになっておる……これは……粉末を入れすぎちゃったかもしれんの」

「いや、イヴァンナちゃん？　私は間違いなくシラフだよ？」

魔法耐性に関係ある感じの薬っぽいからね。

少なくとも、私には効果は現れていない。

「お主……シラフでそんなことをやっておったのか!?　我はてっきり薬で頭がぶっ飛んだものとばかり……」

何だか残念なモノを見るような感じで見られてしまっている。

「いや、でもアレじゃん？　溺れる者は藁《わら》をも掴みたいじゃん？　本当に悩んでるんだからさ……なりふり構ってらんないよ！」

そう言うとイヴァンナちゃんはしばし何かを考え始める。

そうして、覚悟を決めたように大きく頷いた。

「なりふり構ってられない……か。確かに我は少し……気取っておったのかもしれん」

そして彼女は自分の胸をむんずと掴んで――


「おっきくなーれっ！　おっきくなーれっ！」


「急にどうしたのイヴァンナちゃん!?」

「ぶっちゃけ、我は自身の発育状況を非常に気にしておる！」

おお！

何だか知らないけどイヴァンナちゃんがヤケクソな感じになってるよ！

「それじゃあみんなでやろう！」

「望むところじゃ！」

そうして私たち三人は自分の胸を掴んで、底抜けのテンションで魔法のおまじないを発し始めたのだ。


「おっきくなーれっ！　おっきくなーれっ！」

「おっきくなーれっ！　おっきくなーれっ！」

「おっきくなーれっ！　おっきくなーれっ！」


と、まあそんな感じで――。

新居の初日はとっても楽しい感じのバーベキューで終わったのだ。

ちなみにリージュちゃんは「私は一体何を見せられているのだろう……」と、フー君は「我に話を振るな」と、終始ドン引きだった。

で、その一週間後。

唐突に世界樹の小屋を訪ねてきたダーリアさんは、テラスでお茶を飲んでいた私に暗い表情でこう告げたんだ。

「マリサちゃん、ちょっと困ったことになったわ」

「あれ？　どうしたんですかダーリアさん？」

「この小屋……　素材が世界樹でしょ？」

「ええ、七割くらいはそうだと思います」

「あと、キャンプファイアーとか言って毎晩世界樹の枝を燃やしてるでしょ？」

「ええ、とっても楽しいので毎日やってますよ」

「ひめもふぁいあーたのしー」

とはいっても怪しい粉はもうやってないけどね。

で、ニコニコ笑顔の私にダーリアさんは深い溜息をついてこう言ったんだ。

「世界樹の件で……貴女たちに逮捕状が出てるのよ」

「逮捕状？　どういうことなんですか？　イヴァンナちゃんもリージュちゃんも犯罪な感じにはならないって言ってましたけど？」

「えーとね……聖地の属するこの国のことなんだけど……エルフの森林国に属しているの」

「はい、それで……どういうことでしょうか？」

「エルフの国にクーデターが起きてね……」

「クーデター？」

「エルフを打倒したダークエルフが新政権を立てたんだけど、ダークエルフは世界樹を非常に神聖視するのよ」

「……？」

「……つまりは政権が交代して法律が変わったの」

「ひょっとして……？」

「ええ、この世界樹を傷つけるのは犯罪に変わったわ」

「ええええええええええええ!?」

と、そんな感じで私たちはエルフの国に逮捕されることになったのだ。

◆

さて、ここは牢屋である。

そうなのである。

私たちは、マジで牢屋に入れられたのである。

石畳と鉄格子のカビくさい牢屋ではない。

樹木と緑コケで形成されている――エルフの作った牢屋である。

みんなで楽しくキャンプファイアーとかしてただけなのに……ぶっちゃけ、ビックリである。


「……」

「……」

「……」

「……」

「……」

で、捕まったのは私、シャーロットちゃん、ルイーズさん、イヴァンナちゃん、そしてリージュちゃんの五人だ。

全員の顔は一様に暗い。

そしてリージュちゃんに至っては、どうして自分が逮捕されたのかとパニックになっている。

まあ、それはそうだろう。

だって、どうしてリージュちゃんまでもが逮捕されているのかは、私たちにだって意味不明なんだから。

「……マリサ？　やっぱり実力行使をすれば話は早いと思うのじゃが？」

「だからそれはダメだってイヴァンナちゃん。話せば分かるはずだから」

「んー、確かにそうじゃのう……。ドンパチは気が進まんのう……」

まあ、とりあえず今は様子見だ。

と、言うのもダーリアさんがエルフの偉い人を相手に、色々と動いてくれているらしいんだ。

なので、色々な状況が分かるまでは大人しくしておくというのが、今の私たちの戦略だね。

「まあ、でも……最悪の場合でも謝っちゃえば何とかなるよね？」

「それはそう思うんです。教会で十字架にイタズラしちゃった程度のことでしょうし」

「そうでございますね。既に拘留されて罰は受けているわけでございますし……」

「しかし、そもそも法律が変わったというのが不意打ち過ぎるじゃろ」

「いや、私はみなさんの行為にはドン引きしてましたけどね。褒められた行為ではありませんし……」

そんなことをみんなで話していると、看守さんと一緒にダーリアさんがやってきた。

「おお！　ダーリアさん！」

「私たちはいつ釈放されるんです!?」

「こんなことでいつまでも拘束されていては困りますわ！」

「元は無罪のような大したことじゃない問題で、こんなにネチネチやられても困るのじゃ」

「ダーリア様！　そもそも私関係ないですからねっ！」

そう尋ねる私たちにダーリアさんは、憐れみの視線と共に首を左右に振った。

「貴女たちの刑罰は、結論から言うと――」

しばしダーリアさんは押し黙る。

そして、大きく大きく息を吸い込んで彼女はこう言ったんだ。

「――無期懲役らしいわ」

「えええええっ!?」

「そこまで酷いことは絶対にしてないんですよ!?」

「伯爵令嬢が無期懲役とか洒落《しゃれ》になりませんわよっ⁉」

「ちょっと前までなら罪に問われないようなことじゃぞ⁉」

「ダーリア様⁉　私は絶対関係ないですよね⁉」

それぞれの悲鳴にダーリアさんは表情を暗いものにした。

「本当に間が悪いというか、運がないというか……」

「ダーリアさん？　何でこんなことになったんですか？」

「えーっとね、この森にはエルフとダークエルフがいるのよ」

「ふむふむ」

「それでダークエルフによるエルフに対するクーデターが起きたのよね。それで前政権が転覆して、今は新政権が発足して新しい法律も施行されたわ」

「んー、前にもそれ聞きましたけど、ちょっと私には話が難しいです！」

「昔からの大喧嘩《おおげんか》で、ダークエルフはずっとエルフにやられて渋々言うこと聞いていたけど、今回の喧嘩ではダークエルフがエルフに勝っちゃったってことよ。それでダークエルフが好き放題始めたの」

「それ分かりやすいです！　でも、罪が重くなりすぎじゃありませんか？」

「んー……ダークエルフは世界樹大好きで有名だからね。古代からの森林精霊信仰者が多いのよ。ちなみにエルフは聖教会の教えと現地信仰が混じっているので、世界樹にそこまでの重きは置いていないわ」

「ふーむ……それで私たちはどうすればいいんですか？」

「ともかくお姉ちゃんが色々と掛け合っている最中だから……大人しくしておいてちょうだい。悪いようにはしないわ」

と、そこでダーリアさんはリージュちゃんに向けて何度かウインクをした。

そうしてリージュちゃんは無言で口を一回だけ開閉させた。

「分かりましたダーリア様。私たちはこのまましばらく大人しく拘束されておきます。必ず――お助けくださいませ」

「それとねリージュ？」

「はい、何でしょうか？」

「クーデターで負けたエルフの女王は、ここの最下層に囚われているらしいわ。聖教会としては教徒の罪状減免を陳情しないといけないから……少し、色々なことが遅くなるかもしれない」

◆

深夜――。

音声遮断魔法を張ったところで作戦会議が始まった。

「ダーリア様曰く、助けられる見込みは皆無とのことですね」

「いや、ダーリアさんは自分が何とかするみたいなこと言ってたじゃん？」

「アイコンタクトによる暗号によるとそうなります」

「えー……」

そういえば面会の時におかしな動作はしてたよね。

「じゃあ、どうすりゃいいの？」

「決まっておろう。実力行使じゃ。昨日今日変えられた、他国への触れもない法律で無期懲役など従う気にはなれん。まあ、実力行使は最小限に止《とど》める必要はあるがな」

「でも、それをすると私たちは犯罪者として追われる立場になるんじゃない？　他の国でもお尋ね者みたいな感じになるんじゃない？」

「いいえマリサさん。ダーリア様はエルフの女王がここの最下層に囚われているとおっしゃってました」

と、そこでルイーズさんが「はっ」と息を呑んだ。

「そういうことでございますか」

「どういうことなのルイーズさん？」

「エルフの女王も一緒に脱獄させて、私たちの国……あるいは聖教会の聖都に匿《かくま》わせるということでございます」

「ん？　話が読めないよ？」

「ダークエルフの政権は、今のところ国際社会で認められてはいないはず。あくまでも暫定政権なのでございますわ」

「……ふむ？」

「エルフの女王に亡命先で王権を主張させ、そこで現行法律を無効とする声明をさせるのでございます。そうすれば法律と政府が二つできることになり、私たちの行動が法に触れているかどうかは誰にも判断できないようになるのです。少なくとも……この国の外ではそうなります」

「無罪放免ってこと？」

「少し違いますが、この国の外に出てしまえばそうなりますわね」

ルイーズさんが断言すると、イヴァンナちゃんはゴキゴキと拳を鳴らして立ち上がった。

「なら、決まりじゃな。エルフの女王を救出して、とりあえずは元いた街のギルド長を頼るのじゃ」

「でも、どうやってエルフの女王を救出するの？　警備とか凄いんじゃない？」

「この手の牢獄の最深部は、大体が三千年前のアーティファクトが使われておってな……マリサの言うとおりに簡単には助けられん。例えば物理的に牢獄の出入り口を破壊することなどは我でも無理じゃろう」

「じゃあ、どうすんの？」

「看守室や牢獄長の部屋に鍵くらいあるじゃろう。牢獄なんじゃからな」

「……つまりは殴り込みをかけるってこと？」

「そうじゃ。そのまま我らは鍵を奪ってエルフの女王を救出するのじゃ」

「えーっと……それは脱獄どころか……強盗って言うのでは？」

そこでシャーロットちゃんが私の肩をポンと叩いてきた。

そうして決意に満ちた眼差しと共にこう言ったんだ。

「マリサちゃん！　確かにその行動自体は脱獄どころか強盗って言うかもしれないんです！　でも、勇気を持たないといけないんです！」

「勇気？」

「そうなんです。これは昔の転生者さんが残した小説に書いてあったことなんですけど……」

「ふむふむ」

「勇気って言葉を最後につけると、何だかカッコいい感じになるんです」

「ん？　どういうことなのかな？」

「例えば――」

しばしシャーロットちゃんは押し黙る。

そして彼女はこう言ったんだ。

「――脱獄する勇気！」

「確かにちょっとカッコいい！　脱獄する理由として、脱獄しないと家族が危ないとか、仲間が死んじゃうとか……そんな背景が透けて見える感じがするね！」

「そのとおりなんです！　他に例を挙げるなら――」

そして彼女は真剣な眼差しでこう言ったんだ。

「――エルフの女王を助ける勇気！」

「それは文句なしにカッコいい！　説明不要のカッコよさがあるね！」

「そのとおりなんです！　他に例を挙げるなら――」

しばしシャーロットちゃんは押し黙る。

そして大きく大きく息を吸い込んで彼女はこう言ったんだ。

「――強盗をする勇気！」

「それは全然カッコよくないよおおお！」

と、まあ――そんなこんなで私たちは脱獄することになったのだ。

◆

「とりあえずは隠密行動じゃ」

まずは私たちの牢獄を監視している人に、イヴァンナちゃんが幻覚魔法をかける。

次に出入り口をちょっとだけ破壊して、光学迷彩で壊したところをカモフラージュ。

そんでもって全員に光学迷彩と気配消しと音声遮断をかけたところで、私たちは目的の場所へと駆け出した。

「まあ、本当は吸血姫としての立場を最大限に利用し、ダークエルフを攻め滅ぼすという選択肢もあるのじゃがな」

「いやいやイヴァンナちゃん、それはちょっと不味いよ」

「不味いと思っておるからコソコソやっておるのではないか！」

牢獄内の通路を走る。

看守さんが見えたら隠れて……と、そんな感じに隠密行動で私たちは看守室に辿り着いた。

あ、ちなみに看守室の場所は牢屋を抜ける寸前に、ダーリアさんの使い魔であるネズミさんから地図を受け取っていたので、迷うことはなかったんだけどね。

そうして看守室に入り込んだ私たちは忍者もビックリの隠密行動の果てに――

――全員をワンパンで殴り倒して鍵を手に入れた。


「全然……隠密ではなくなってしまったよ」

「最初の時点で一人に幻覚魔法をかけておるから今更じゃな」

と、そんな感じで鍵を手に入れた私たちは牢獄の最下層へと向かったんだ。

ちなみに殴り倒した看守さんたちは、部屋の隅にまとめて光学迷彩でカモフラージュしているので少しの間ならバレないだろう。

まあ、本当に少しの間だろうけどさ。

でも、その間に全部を終わらせてしまえば問題ない。

そうして最下層のフロアーへと続く扉を開いたところで、隠密状態のはずの私たちは声をかけられた。


「我らダークエルフ四天王」

「ふふふ、我らに目くらましの隠密が効くとでも思ったか？」

「我らはエルフの女王の牢獄を守っておる……ゴリゴリの武闘派よ」

くっ……私とイヴァンナちゃんの隠密の術が見破られるだなんて！

ダークエルフ四天王……この人たちは只者じゃないね！

「ともかく、我らダークエルフ四天王の目が黒い内は、誰もエルフの女王には触れさせるわけにはいかんな」

「ふふふ、ここを通るなら我ら四天王を排除するしかない。できるものなら……だが」

「ゴリゴリの武闘派の我らだ。臆したならば素直にお縄になるがいい」

くっそ……。

何ていう自信なの？

ここまで言うってことは本当に強いんだろうね。

「つまり、どうしても戦わなくちゃいけないと？」

「それがダークエルフ四天王の使命だからな」

「ふふふ、己《おの》が力の全てを尽くし、通れるものなら通ってみせよ！」

「もはや問答は無用！　ゴリゴリの武闘派の我らとの話し合いは、戦いの血を通して行われるのだ！」

「分かったよ！　そういうことならこっちも全力を尽くすよ！」

と、そこで私は気になったので聞いてみた。

「ところで四天王なのに……そっちは三人しかいないみたいなんですけど？」

「四天王の内の一人は看守室を守っておる」

「ふふふ、鍵を守らなければいけないのでな」

「ゴリゴリの武闘派の我らは、いかなる場所での護衛も任されるのだ」

そこまで言って、四天王の人たちは「あっ……」と息を呑んだ。

つまり、さっき私たちがワンパンでやっつけた人の中に……四天王の人もいたってことに気が付いたみたい。

「ムラントがやられたようだな」

「だが、奴は四天王中で最弱……」

「小娘ごときにやられるとは四天王の面汚しよ」

と、そこで私とイヴァンナちゃんは「どりゃあああ！」とばかりに、四天王の内の二人のアゴに軽い打撃を入れて気絶させる。

「なにっ!?」

で、最後に残った一人にシャーロットちゃんが眠りの剣で一撃を入れて、その意識を奪った。

「よし、行こう！」

四天王とか言うからちょっとビビったけど、やっぱ私たちって強いよね。

っていうか普通にこのメンバーだけで……相手が軍隊でも何とかなりそうな気がする。

まあ、そんなことはしたくないけどさ。

そうして、遂に私たちはエルフの女王が幽閉されている部屋に辿り着いたんだけど——


「あれ……？　ダーリアさん？」


はたして、そこではダーリアさんとエルフの女王っぽい人と、ダークエルフの女王っぽい人が三人でお茶を飲んでいたんだ。

「あれれ？　エルフの女王とダークエルフの女王とダーリアさんで……みんなで仲良くお茶を飲んで

いるような気がするよ？」

「ああ、マリサちゃん、これは警備訓練の一環でね」

「警備訓練の一環？　何を言っているんですかダーリアさん？」

「クーデターなんて起きてないし、法律も変わってないってことよ。それと、これはマリサちゃんとイヴァンナの行動制限を解くための試験でもあるの」

「試験？」

「そうなの。特定の困難な状況をマリサちゃんたちに与えて、どういう行動をするかを見る試験よ」

「えーっと……理解が追いつかないんですけど」

ん？

これは本当にどういうことなんだろう。

あ、でも……頭の中はクエスチョンマークで一杯だけど、何となく少しずつ……話が読めてきたかもしんない。

「この場合、誰かを過度に傷つけても不合格。大袈裟《おおげさ》にやりすぎても不合格。かといって、そのまま無抵抗で閉じ込められていても不合格よ」

「最初の二つは分かりますが、最後のが分かりません。抵抗しなくても不合格ってどういうことでしょうか？」

「当たり前じゃない。相手が貴女たちの力を利用しようと思っている場合、無抵抗は最悪の愚策よ？　いつの間にか洗脳されたり力を奪われたりすることもあるんだから」

「……なるほど」

「ま、ともかく合格よ。リージュから監視の水晶玉で一部始終の情報は送ってもらったし、貴女たちそのものに危険性はないと証明されるでしょう」

リージュちゃんが私たちに申し訳なさそうに頭を下げる。

あー……なるほど。

と、ようやく私の中で色んなことが完璧に線でつながってきた。

「まあ、目立ちすぎのキライはあるけど、許容範囲内でしょう。最低限の法律は守っていたしね。それに、そもそも論として――」

「そもそも論？」

「貴女たちを野放しにする方向性で検討する以上、リスクは完全には排除できないわけだしね。時にイヴァンナ？」

「何じゃダーリア？」

「貴女の心境の変化は目を見張るものがあるわ。ぶっちゃけ、ダークエルフくらいなら自分の力だけで攻め滅ぼすこともできるわよね？」

「ダークエルフにも家族もおれば大事なものもあるじゃろう？　避けられることなら無駄な争いはせん方がいい」

「昔の貴女ならそうは思わなかったはずよ。積極的に自分から攻撃は加えないとは思うけど、拘束された時点で……つまりは仕掛けられた時点で戦争開始みたいな感じになっていたはず」

「まあ、それはそうかもしれんな」

「カイザードラゴンの一件もあったし、貴女は変わったと判断したの。それが合格の一番大きな理由よ」

そう言われるとイヴァンナちゃんは不機嫌に、けれど少し照れくさそうに「フンっ」と頬を膨らませたんだ。

「これから先はある程度なら目立ってしまっても大丈夫よ。もちろん、ギルドの依頼も制限しません。名実ともにSランクオーバーの冒険者パーティーとして生きていきなさい」

おお！

何だかよく分からないんだけど、これで聖教会の監視から外れるってことでいいんだね！

と、そんなことを思っているその時——

「イヴァンナちゃんっ！」

「分かっておる！」

私はシャーロットちゃんとリージュちゃんを小脇に抱えて部屋の隅へと飛んだ。

それでイヴァンナちゃんはルイーズさんを抱えて同じ所へ。

ダーリアさんもエルフの女王とダークエルフの女王を小脇に抱えて、やっぱり同じ所へと飛んできた。

　そして私たちの視線の先――部屋の出入り口には仁王《におう》とでも表現できそうな、ムキムキマッチョの男が立っていたのだ。

「破壊神……アオ」

　ポツリと言ったダーリアさんの言葉に、イヴァンナちゃんの顔が蒼白なものになっていく。

　そして、私の頭の中で前世さんが最大限の警戒を促してきたんだ。

「イヴァンナちゃん……こいつ……強いよ」

「分かっておる。我よりも、お主よりも……そしてダーリアよりも強いのじゃ」

　そうして私たちの視線を一身に浴びて、破壊神はニヤリと笑った。

「俺は……ギリギリの勝負をやりに来たんだ」

「ギリギリの勝負？」

「三千年前、俺は戦争を終わらせる決戦兵器の一つとして作られた。だが、俺が生まれたのは神魔大戦の終結の後だ」

　破壊神は両手を広げ「バカな話だ」と笑い始めた。

「信じられるか？　魔王と魔神の孫……全てを破壊する者として作られたのに、破壊する対象が無かったんだぜ？　そうして俺の中で破壊欲求だけが膨らんでいき――最終的には危険ってことで封印された」

んー。

どこかで聞いたような話だね。

ああ、そういえば……前世さんも似たような感じだったっけ。

前世さんは武神と聖女の孫娘として生まれ育ち、平和な時代で絶大な力を試す場所も与えられず
……そして私の中に転生してきたんだ。

「そうして俺はこの時代になってようやく見つけたんだ。俺とよく似た情念を抱く――真の強者に！」

破壊神は私に向けて、殺意の視線を浴びせてきた。

そして、私と破壊神はしばしの間、睨みあい――

「さあ、出せよ！　お前の中の破壊の力をっ！　それを食らって、俺はこの世の全てを破壊する！

それこそが俺が生まれた存在意義だからな！」

前世さん？

こんなこと言ってるけど……どうする？

恐らくだけど、こいつは……前世さんが求めていた本当の強者だよ？


――本当は私もやりたいバブ。

――いや……バブじゃなくて……本当は私もやりたいです。

うん、そうだよね？　それが前世さんの目的だもんね？

——でも、それはもういいのです。

——この者の殺意の波動はあまりにも危険です。

——武人としての尋常なる勝負、それこそが私の本当にやりたいこと。

——けれど、今はそんなことを言っている場合ではないでしょう。

何か前世さんも変わったよね。

昔だったら武人としての自分の欲求を通してたんじゃない？

——そうかもしれませんね。けれど……お馬鹿な日常を眺めている方が楽しいと気づいてしまったので。

——さあ、力を貸しますマリサ。

——今の貴女なら全盛期の私の七割程度の力は出せるでしょう。

それで勝てるの？

——ええ、勝てるでしょう。何故《なぜ》なら、貴女は一人ではないのだから。

分かったよ。つまり、全力でやるってことでいいんだよね？

——ええ、そういうことです。さあ、力を引き出しなさい！

「力の上昇を確認っと。はは、本当にこんな強者と出会えるとは。ゾクゾクくるねえ……俺はずっとずっと一対一での壮絶な戦いを、それこそ千日に及ぶような個と個を削り合う闘争をずっと望んで——あびゅっ！」

イヴァンナちゃんの右ストレートが破壊神の後頭部に突き刺さった。

「あぎゅっ！」

現状を説明すると、背後からイヴァンナちゃんの打撃、そこに待ち構えていた私のアッパーカットが炸裂した感じだ。

「うぎゃああ!」

んでもって、ダーリアさんがハサミでチョキンと追撃を仕掛け、フー君とヒメちゃんもデカくなっている。

「こっちは何人いると思ってるの！」

「お、お、お、お前等《ら》！　卑怯だぞ！　よってたかって……貴様ら……それでも武人か!?」

「私は武人じゃありません！」

「我はただの吸血鬼の姫じゃ！」

「我は、どっちかっていうと獣じゃしの？」

「お姉さんは昔から世界のゴミ掃除当番だし？」

その言葉を受けて、破壊神はあんぐりと大口を開けた。

「えーっと……つまり？　どういうことなんだ!?」

「一対一で勝てないなら、みんなで袋叩きに決まってんでしょうがあああああ！」

「うぎゃあああああ！」

そうして――。

私たちと破壊神を巡る事件は終了することになったんだ。

ともかく、破壊神に対する勝因を強いて言うのであれば、破壊神は実戦経験が無いが故に、あまりにもピュアだったということだろうか。

つまりは、自分が強敵《とも》を求めるがあまり、相手も強敵《とも》を求めると思っていたのだろう。

それは正に、武人と武人との命の削り合い的な……一対一の真剣勝負みたいな……。

そして、前世さんの心境が変わっていなければ、恐らくは実際にそうなっていたとも思う。


と、まあ、そんなこんなで――。

前世さんの闘争欲求に関する根本的な話も……今回の件で一つの節目を迎えることになったんだ。

サイド シャーロット

「やったー！　お肉が焼けたよー！」

マリサちゃんがそんなことを言ってはしゃいでいます。

ちなみに魔法学院の長期休暇が終わるまでは、せっかくだから世界樹の小屋にみんなで滞在しようっていうことになっているんです。

と、そんなマリサちゃんを横目に、私はルイーズさんに語り掛けました。

「ねえ、ルイーズさん？」

「何でしょう、シャーロットさん？」

「マリサちゃんにとって、私たちって必要なのでしょうか？」

「と、おっしゃいますと？」

「はっきり言うと、力量差がありすぎるんです」

「それは確かに……そうでございますわ」

「このままじゃいけないと思うんです。だって――」

「だって？」

「私たちは友達なんです。いつまでもおんぶにだっこじゃ……ダメだと思うんです」

「けれど、それはそれでアリのような……まあ、少なくともマリサさんの心境的にという意味ですが」

「今はそうかもしれないんです。でも、長く続くと……必ずどこかで綻《ほころ》びが出てくるんです」

「……そうかもしれませんですわね」

「結果としてマリサちゃんに及ばなくてもいいんです。せめて、対等であろう……そういう姿勢は取り続けないといけないと思うんです」

私がそこまで喋ったところで、ルイーズさんは覚悟を決めたように大きく頷いたんです。

そして、一呼吸置いてから……眉間に皺《しわ》を寄せてこう言いました。

「――魔神の力を使いましょうか？」

「魔神の力？　百式のことなんです？」

「いいえ。もっと直接的なことです」

「直接的な……こと？」

「そう――百式とは……つまりは呪いのことでございます」

「呪い？」

「ええとですね、このことを考えると……頭が痛くなるのですが……確か最初に魔神は私に……百式は……力溜め……のようなもの……と……言っていた……のです」

「ふむふむ」

「百式は……枷《かせ》……。思い込み……代償……よく分かりません……が……」

ん？

これはひょっとして……期待できるんです？

百式という言葉が出た瞬間に「はいはい凄い凄い」ってなったんですが……ひょっとしたら本当に期待できるんです？

「つまり、百式を使い続けると、力が溜まっていって、ここぞという時に一時的に強大なパワーが発揮できるのです。原理は分かりませんが、とにかくそんな感じだったと思いますわ」

「……なるほど」

「百式自体が凄いのに、更に一時的な超パワーを使える……そういうことでございます」

「ルイーズさん？」

「何でございましょうか？」

「それ、多分本当に超パワーが出るやつだと思うんです！」

何せ、ルイーズさんは……ずっとずっと残念属性という代償を払い続けてきたんです。

だったら、この話は本当に信ぴょう性があるんです。

嬉しさのあまりに私はルイーズさんをギュっと抱きしめてしまいました。

するとルイーズさんは顔を真っ赤にして、私から視線を逸らしました。

「魔神の力溜めの恩恵は……自身と、そして最愛の者だけが授かることができます。つまり、私とシャーロットさんは……一時的に強くなれますわ」

「だったら完璧なんです！　あれ？　でも、どうして私が最愛なんです……？」

「む、む、昔からの腐れ縁だからじゃないでしょうかね！」

「なるほどなんです！」


――そうしてその日から一か月後。

私たち二人はマリサちゃんとの最終決戦に挑むことになったんです。
つまりは……庇護されるだけの存在から脱却し、本当の意味での友達を始めるために。

幕間

フェンリルと不治の病

サイド フェンリル

——とある依頼の最中、野営地にて。


「……ゲホ……ゲホ」

「おいたん、だいじょうぶ？」

心配そうな瞳でヒメが我の様子を覗《うかが》っている。

大丈夫じゃぞ……と、我はヒメの顔をペロリと舐める。

「ヒメよ、マリサは……マリサには今の咳《せき》は見られておらんな？」

「うんだいじょうぶ。まりさはてんとでねてるからおいたんのげほげほみてない」

その言葉で我は安堵の溜息をついた。

マリサはアホの子じゃが、たまに異常に勘がいい時があるからの。

と、そこで――マリサが夢遊病のようにテントの中から這い出てきた。

その瞳には色がなく、我は軽く溜息と共にこう言葉を投げかけた。

「前世殿よ、お主の見立てでは……我をどう見る？」

「……長くないですね」

「やはり……か。はっきり言ってくれていいが、これは不治の病よな？」

「余命は長くて半年というところでしょう。全身の経絡に流れる魔力に進行性の異常が見られます」

「……なあ前世殿？」

「何でしょう？」

「……マリサには黙っておいてくれんか？」

我の言葉に前世殿はしばらく何かを考え、そして首を左右に振った。

「マリサだけが、貴方の病を治すことができる可能性があるというのに？」

「どういうことじゃ？」

「しかし、貴方を救うために、あの娘《こ》は苦渋の選択を迫られることになるでしょうが……ね」

サイド

マリサ

その日は満月の夜だった。

今、そうだと思って思い返せば——少し前からフー君の様子は少しおかしかったように思う。

例えば、たまにロレツが回っていなかったり。

あるいは、真っ直ぐに歩けずにフラつくことがあったり。

二人きりで大事な話をしたいと、私に改めて……そんなことを言ったりね。

「のう、マリサ？」

その場所はフー君が魔獣の王として君臨していた森の湖だった。

満月が水面に映り、夜なのに明るくて……でも、フー君の表情はどこか寂しそうで。

「大事な話があるのじゃ」

「……どったのフー君？　マジな顔しちゃってさ」

「前世殿と話をしたのじゃが……我はアリソン病に侵されておる」

「アリソン病？」

「長く生きすぎた魔獣によくある病気でな、体中の魔力調整が徐々に乱れ、やがては心臓が止まる厄介な病じゃ。恐らくは……あと半年と我は生きられん」

「何言ってんの？　そういう冗談は言っちゃダメなやつだよ？」

ははは と笑って流そうとしたけど……できなかった。

だって、フー君の表情はずっと変わらずにマジだったんだから。

「……治す方法はあるの？」

「マリサの力を借りれば……あるにはある。が、それはマリサによく考えて欲しいのじゃ」

「教えてほしい。どんな方法？」

「治す方法はただ一つ……前世殿の魂魄《こんぱく》を我に移し、我の魔力調整を前世殿に任せることじゃ」

「前世さんの魂魄を……フー君に渡す……？」

「じゃが、そうすればマリサ……お主の絶大な力は消失し……お主は普通の女の子になるじゃろう。無理強いはせんぞ？　我は既に十分すぎるほどに生きたしの」

その言葉で私は「ははは」と、大笑いをした。

「そんなことならお安い御用だよ」

「しかし、マリサ……？」

「私の力が消えるくらいでフー君が助かるなら何の問題もないじゃん？」

「魂魄をうつせば、力は……ある日を境に急激に失われるじゃろう。しかし、それで本当にいいのか？　前世殿は二度とマリサに戻ることはできんのじゃぞ？」

「お金はたくさん持ってるし、生活に困らないし問題ないよ。そもそも別に私は戦う系のメンタルじゃないし、それに――」

「それに？」

「食べるに困らない感じで、オヤツも食べていけるならさ？　後はみんなとまったりのんびり楽しくやってりゃそれでいいんだから」

「……まあ、それも生き方としては悪くはないの」

「でしょ？　フー君の病気がそれで良くなるなら何も迷うことなんてないんだよ。そりゃあ……ちょっとは不便になるだろうけど」

「……すまんのマリサ」

「お礼なんていいんだって。私は自分の力よりもフー君の命の方が大事なんだから」

「……本当にすまん」

フー君は涙を流しながら、ペロペロと私の頬を舐めてきた。

「だから大袈裟《おおげさ》なんだって」

と、笑いながら私はフー君をギュっと抱きしめた。


その時は本心でそう言った。

けど、深くは考えずに「何の問題もない」と言ったけれど……問題はそんなに単純なものではなかったのだ。

だって、前世さんの力を無くした私……マリサ＝アンカーソンは本当にただの普通の女の子なんだ。

シャーロットちゃんにしろ、ルイーズさんにしろ、イヴァンナちゃんにしろ……全員が普通の女の子じゃない。

暁の銀翼は、実は本当にそれなり以上の実力者が揃っている冒険者パーティーだ。

そうだとすると、私の友達は……力を無くした私を……それでも……今まで通りに友達と見てくれるだろうか？


——役立たずになった私を【暁の銀翼】の一員として、変わらず受け入れてくれるだろうか？

後になって知ったことだけど、シャーロットちゃんやルイーズさんは、私の異常な力に対して……実はいつも劣等感を抱いていた。


——劣等感という気持ち。

それが、どのようなモノなのかを、この後……嫌と言うほど思い知ることになるなんて、その時の私はまだ知る由《よし》もなかった。

――満月の夜。


「これで魂魄《こんぱく》の移植は終了じゃ」

「あれ？　特に何にも変わった感じはしないよ？」

「マリサの体内には前世殿の加護が残っておるからの。しばらくは前のままじゃ。だが、力はある日を境に急激に失われるじゃろう。しかし、これで本当に良かったのか？」

「うん全然問題ないよ。元々もらっただけの力だし」

「しかしお主、本当に……」

「うん、本当に大丈夫だから！」


――けれど、今思えば……私は馬鹿なんだったと思う。

フー君を助けるために取った行動には、今でも欠片《かけら》も後悔はしていない。

けれど、覚悟とか……そういうことについては圧倒的に足りてなかったと思う。つまりは――

――その時の私は力を失うことについて……本当によく考えてなかったんだ。

chapter 4

王国最強トーナメント

さて、そんなこんなで私たちは自由の身になった。

厳密に言えば、色んな行動に監査なりはついているんだけど、よほど滅茶苦茶しない限りは好きにしていいらしい。

ダーリアさんが後見人みたいな感じになってるので、そこは一安心かな。

ってことで、私たちは高ランクの依頼を受けてもオッケーになったんだ。

とはいえ、元々みんなお金にはそんなに興味ない。

ルイーズさんの一件も落着してるしね。

なので、今後は基本的に旅行感覚で面白そうな場所へ行って採取とかをしようということになってる。

そんな感じで、遂に私の求めるお気楽冒険者稼業の土台は固まったわけだ。

と、そんなある日——

「ってことで、お前にはもう枷《かせ》がない。そこで相談なんだがマリサよ、お前……王国最強トーナメントに興味はないか？」

「興味ないです」

いつものギルドの食堂で、バッサリと切り捨てる感じでそう言ったらギルド長さんが涙目になったんだよね。

「いやいや、そこを何とか」

「だから、そういうのには興味ないです」

「王国騎士団から猛者《もさ》も出るし、ギルドの沽券にかかわるんだ。ぶっちゃけ、ウチのギルドには高ランク枠だと……まともな連中がおらん」

「そんなことを言われましても……ギルド長が出ればいいんじゃないですか？」

「俺が出るのはルール違反なんだよ。騎士団も団長は出ないしな。ってことで、我がギルドの最強の冒険者として、是非ともお前に出て欲しい！」

「えー……」

「優勝した暁には、俺が昔に切り込み隊長をやっていたツテを使って、行列必至で手に入らない帝都のスイーツをたくさん取り寄せようと思ってたんだがなぁ……」

「……行列必至？」

「ああ、ラ・シュンドルって店のオーナーが俺の知り合いでな」

「出ますっ！　私——出ますっ！」

ラ・シュンドルといえば、チョコレートケーキで超有名なお店だよね。

名前だけは聞いたことがあるけど、コネがないと買えないって話でめっちゃ気になってたんだよ。

「お前なら必ず引き受けてくれると信じていた！」

ニカリと笑うギルド長さんだけど、何だか乗せられちゃったような気がしないでもない。

と、そこで私は隣に座っていたイヴァンナちゃんに声をかけてみた。

「イヴァンナちゃんはどうすんの？　大会出るの？」

「いや、我はそういうの興味ないしの」

「興味がないっていうと？　イヴァンナちゃんは結構好戦的じゃない？」

「ギルドの沽券とかに我は興味ないし、スイーツなど腐るほど食べて来ておる。そもそも我は不要な争いごとも好かん。それに——大会に出れば我かマリサで決まりじゃろ？」

「まあ、そりゃあそうかもね」

「分かり切っている結果に興味も持てんしのー」

よし……と、私は頷《うなず》いた。

この王国だとイヴァンナちゃんが出ないなら、私の優勝はもう決まったようなものだもんね。

その時、話を黙って聞いていたシャーロットちゃんとルイーズさんが私をキッと睨みつけてきた。

「ルイーズさん！　チャンスはここなんです！」

「どうやらそのようですね、シャーロットさん！」

「え？　チャンスって何の話？」

「マリサちゃん！　私たちは……貴女に決闘を申し込みます！」

「え、え、えええええ!?　どういうことなの!?　突然決闘って……私のこと嫌いになっちゃったの!?」

フルフルと首を左右に振って、シャーロットちゃんは神妙な面持ちを作った。

「私はマリサちゃんのことは大好きなんです。でも、マリサちゃんとイヴァンナちゃん、そして私とルイーズさん――」

「力量差は歴然ですわ。実際、私たちが戦闘で役に立ったことが……どこかの局面でございまして？」

んー。

まあ、言わんとしてることは分かる。

それに前もそのことを気にしていた素ぶりもあったよね。

「私たちは……自分の限界を超えなきゃいけないんです」

「そうでございますわ。王国最強トーナメントまでの一か月……これから私たちは山籠もりを敢行しようと思うのです」

「いや、二人とも……魔法学院は？」

「しばらくお休みをもらうんです！」

「私たちの覚悟は固いですわ」

「いや、ルイーズさんはいいとして、シャーロットちゃんはこの前も留年になりかけるほどに成績ヤバいんじゃ……？」

「それでも、これは私の中で大事なことなんです！」

んー……。

ひょっとして、シャーロットちゃんも……色々と変わりつつあるのかな？

昔は錬金術師というか、薬屋さんになるんだってギルド長と喧嘩してたのに……。

いや、薬屋さんの夢は今も一番なんだろうけど、それでも……他の譲れない何かができたってことなんだろう。

「でも、役に立たないとか、そんなこと気にしなくていいんだよ？」

「いいえ気にするんです」

「ええ、私たちは……マリサさんとずっと一緒にパーティーを組んでいきたいと思っておりますので。

私たちは同じパーティーのライバルでもありますしね」

「考えすぎなんだよ……」

「ともかく、一か月なんです！」

「その時は、リニューアルした私たちと本気で戦って欲しいのでございますわ」

二人の目は真剣だ。

これはもう私が何を言っても聞かないだろう。

と、そういうわけで私は二人にニコリと笑ってこう言ったんだ。

「オッケー！　それじゃあ山籠もり頑張ってきてね！」

◆

そして一か月が過ぎて――。

私とイヴァンナちゃんは、王国最強トーナメントの予選会場に足を運んだわけだ。

この一か月の間というもの、食っちゃ寝生活を十分に満喫したので、私のコンディションは正に絶好調って感じだね。

あ、でも……ちょっと寂しいこともあったかな。

シャーロットちゃんたちがいないから、大体はイヴァンナちゃんとつるんでたんだけどさ。

イヴァンナちゃんはイヴァンナちゃんで龍族との和平交渉に忙しかったりで、私の相手ができない時もあったんだ。

って言っても、三日に一回くらいはお泊り会とかやってたけどね。

他にもカイザードラゴンさんとか吸血鬼の人とか呼んで、世界樹の別荘でバーベキューをやったりとか。

まあ、それでもやっぱり誰もいない時もあって……。

でも、寂しいって言ってもフー君とヒメちゃんと野原で駆け回って遊んでたから楽しかったけど。

と、それはさておき、今は王国最強トーナメントの予選会場の話だね。

会場は魔法学院のグラウンドくらいの大きさで、冒険者っぽい人とか騎士団っぽい人たちがそこかしこで歩いている感じだ。

「マッチョな人ばっかりだね、イヴァンナちゃん！」

「ふむ、確かにマッチョばっかりじゃの」

実際にマッチョばっかりの中で、私たちのような小娘はそれはそれは浮いている。

証拠に、特に騎士団っぽい人たちからは変な目で見られちゃってるね。

けれど、ギルドの冒険者っぽい人からは――


「遂に現れたぞ最終決戦兵器が」

「暁の銀翼……大会に出るとは聞いていたが……」

「実際、マリサちゃんが戦ってるのを俺は見たことないんだよな」

「ああ、俺たちは伝説の生き証人になるんだ」


と、そんな感じの反応を聞いて、もはや私には苦笑いしか出てこない。

まあ、こういうのにもそろそろ慣れてきたけどね。

そうして受付に向けて歩いていると、私は後ろから呼びかけられたんだ。

「久しぶりなんですマリサちゃん！」

「ええ、本当に懐かしいですわ……」

「お！　久しぶりだね二人とも！」

何というか、一皮剥けたって感じの二人がそこには立っていた。

シャーロットちゃんが纏《まと》う闘気は以前よりも静かで優しく、そして力強い。

ルイーズさんについては魔力枯渇してるみたいだけど、胸の芯に青い炎が見えるような……そんな強大な魔力を感じる。

でも、シャーロットちゃんの掌《てのひら》は豆だらけだし、ルイーズさんは魔力枯渇の影響なのか、顔色が青白くてフラフラしてるね。

二人ともこの一か月で、自分の体を苛《いじ》め抜いてきたことがよく分かるって感じだ。

「シャーロットちゃんはともかくとして、ルイーズさんは大丈夫ですか？　魔力枯渇が凄そうですけど……」

「ギリギリまで高魔力を使用する修練を積みましたのでね。しかし、トーナメントの初戦まで二日もあります。それだけあれば戦える体には戻りますすわ」

「でも、ちょっと心配だよ」

「ご心配なくマリサさん。貴女と当たるまでは私たち二人、不覚は絶対に取りませんので」

「ふーん……。まあ、無理は絶対にしないでね」

と、そこで私の頭の中に一つのクエスチョンマークが浮かんだんだ。

「二人ってどういうこと？　っていうか、何でシャーロットちゃんに猫耳生えてるの？　それって百式のやつだよね？」

「ああ、そのことですかマリサさん。実はですね――」

「ふむふむ」

「魔法使い系の職業で、ビーストテイマーやら屍霊術師というのがあるのはご存じですよね？」

「ビーストテイマーを魔法使い系と言っていいかどうかは謎だけど、まあ知ってるよ」

「私とシャーロットさんの目的は、二人がかりならマリサさんの足元程度には及ぶ……そのことを証明することなのです。まあ、当面の最初の目標ですが」

「だから、それは気にしなくていいって言ってるのに……まあいいや、それで？」

「既に受付は終えているのですが、シャーロットさんを猫耳で偽装して、獣人――つまりは私の従魔ということでごまかせました」

「ごまかせちゃったんだ!?」

「百式で色々と、受付の人に幻覚や認知機能の操作を施しましたからね」

ん？

百式で……人の思考操作をしたってこと？

あの……残念な技しかない百式で？

「マリサちゃん？　不思議なんです？　何で百式でそんなことができるかって」

「そりゃあまあね」

「まあ、そこのところは大会が始まったら……どういうことか嫌でも分かると思うんです」

「なるほど、本当に二人は色々とリニューアルされてるみたいだね」

と、その時――。

イヴァンナちゃんの表情が険しくなって、彼女は凄い速度で後ろを振り向いた。

「ほう、こんなことなら……我も出た方が良かったかもしれんな。書類の事前エントリーの期間が終了しておるのが悔やまれるの」

「どういうこと？」

「アレを見てみるのじゃ。どうやら――結果が決まり切っておるということはなさそうじゃぞ？」

はたして、イヴァンナちゃんの視線の先には……メイド服なのかシスター服なのかよく分からない服装の女の人が歩いていた。

――しかも覆面。

「あら、貴女いいお尻してるわね」

あまりにも自然な動作だったので接近を許して、あまつさえお尻を撫でられたのに反応ができなかった。

「止《や》めてください！」

覆面の人に抗議の声をあげると、イヴァンナちゃんはやれやれとばかりに肩をすくめた。

「と、そういうわけじゃマリサ」

ん？　どういうわけなのかな？

そういう風に思っている私を無視して、イヴァンナちゃんは覆面の人に訝《いぶか》しげな視線を送った。

「しかしその覆面は何なのじゃ？」

「ふふ、立場上……お姉ちゃんは表立ってこういうところには参加しにくくてね。大会エントリーの名前も覆面エックスで取っているわ」

「ふーむ……。まあ、それは分からんでもないが。しかし、何故《なぜ》にお主がこんな田舎の国の最強トーナメントなぞに？」

「実際問題、今のマリサちゃんの力がどんなものか、肌身に感じたくてね。表立ってそういうことをするわけにもいかないし」

そうして、覆面の人は「それじゃあねマリサちゃん。今度一緒にお風呂に入りましょう」と言って、背を向けたまま手を振って去っていった。

その後ろ姿を見て、私とシャーロットちゃんとルイーズさんは……それぞれこう言ったんだ。

「覆面エックス……何者なの？」

「怪しい覆面なんです……」

「まあ、貴族っぽくはないでございますね」

で、そんな私たちを見てイヴァンナちゃんは「まあ、そんなお主らだからこそ、我は好きなんじゃが……」と、苦笑いをしていたのだった。

◆

「お嬢ちゃんが予選を受ける？」

馬鹿言っちゃいけないとばかりに、試験監督の人が私にニヤケ面を向けてきた。

ちなみに、この人は王国最強トーナメント運営の王国騎士団の人っぽいね。

何せ、装備が騎士団の甲冑だ。

あ、ちなみに兜《かぶと》はつけてないのでフル装備ってわけではなさそう。

「いや、私も別に受けたくないんですけど、ギルド長に頼まれてしまって……」

「そういえば団長が言ってたな……ギルド長の頭がおかしくなったって」

「頭がおかしくなった？」

「何かアイドル的な人気を誇る冒険者パーティーがいるって話で、キミもそこの子だろ？」

まあ、それは間違ってはいないかもしれない。

今のギルドでの私の扱いは…… 半分が珍獣扱い。

それで、残り四分の一が化け物扱い、そして…… 残りに熱狂的な私のファンがいるみたいだ。

と、いうのもルイーズさんが最近商売を始めて、マリサグッズとシャーロットちゃんグッズで相当な利益を挙げているとか言っていたんだよね。

ちなみにシャーロットちゃんグッズを最初に作ったのはギルド長さんだ。

それで、ルイーズさんが、そこの制作元でシャーロットちゃんグッズを自分用に作ったのがキッカケだったらしい。

何でシャーロットちゃんグッズをルイーズさんが欲しがるのかは……未だに謎ではあるんだけど。

「それで、どういうことなんですか？」

「何でも、ギルド長は娘が好きすぎるみたいでなあ……」

「まあ、それは否定できないですね」

「親の贔屓目《ひいきめ》って言うのかな？　自分のところの娘を贔屓しすぎて、現実と妄想の区別がつかなくなったらしい」

「と、言うと？」

「娘の所属するパーティーを……数々の伝説を作った、とんでもないルーキー集団のように吹聴《ふいちょう》しているらしい。挙句《あげく》の果てには強力過ぎて聖教会に危険視されているとか言い出してなァ……」

ギルドの外では私たちはそういうことになってるんだね。

まあ、そこのところはダーリアさんが事実隠蔽をしていた時期もあったからだろうけど。

「ってことで、悪いことは言わない。お嬢ちゃんみたいなのが、大人のリアルに直面すると痛い目を見るぞ？」

「と、言われてもギルド長に優勝してこいって言われてるので……」

「本当にギルド長には困ったもんだ。こんな子供に変な妄想をぶつけて……更におだてちゃってるのかな？　そのせいで……この子までその気になってるじゃないか。しかし、本当にギルドのレベル低下には困ったもんだ。俺たちの下請けみたいな部分もあるんだから、ギルドにはもうちょっとしっかりしてもらわんと……」

「で、私は予選で何をすればいいんですか？」

「現実を思い知った方がいいかもな。まあ、アレを破壊すればいい」

試験監督さんはグラウンドの中心にある石像を指さした。

「アレは……石像ですか？」

「アダマンタイトでできている人形の像だ。アレを武器で攻撃するなり、魔法で攻撃するなりして一部破壊……あるいは変形させれば予選は通過ってことになる」

「へー、そんなんでいいんですか」

「そんなんでいいって……お前な？　アレは熟練の騎士の剣でもそうそう傷つかない像なんだぞ？

何せアダマンタイトでできてるんだからな」

「で、やっちゃっていいんですか？」

「ああ、好きにしろ。ただし、武器で殴るにしても自分の手が痛いからな。気をつけろよ――って、
おいっ！」

試験用にそこらへんに置かれていた武器には目もくれず、私は真っ直ぐに、最短距離で、一直線に
……拳を握りしめてアダマンタイトの像に向かっていく。

「殴る気か!?　そりゃ無茶だ！　拳を怪我《けが》しちまうぞ！」

そうしてアダマンタイトの像の前で止まった私は大きく拳を振りかぶった。そして――


――ドゴシャラズオオオオンっ！


と、猛烈な音と共にアダマンタイトを粉微塵《こなみじん》のレベルで粉砕した。

「おいおい……マジ……かよ……」

「一つ言っておきます」

私は大きく大きく息を吸い込んで、やっぱり大きな声で言葉を続けたんだ。

「ギルドのレベルは低下していないですし、ギルド長は頭もおかしくないし真面目に仕事もしています。それで――ギルドは騎士団の下請けじゃなくて、治安維持組織として対等な関係のはずです！」

それだけ言うと、私は片頬を膨らませてその場を後にしたのだった。

◆

そして二日後。

王国最強トーナメントの一回戦。

コロシアムの観客席の最前列に陣取っていると、肩に乗っているフー君が声をかけてきた。

「しかし珍しいの」

「珍しい？」

「予選じゃよ。マリサが怒るじゃなんて」

「いや、さすがに酷い言われようだったからさ」

「そうじゃなく……何というかの？　昔のマリサじゃったらギルド長やギルドそのものが悪く言われても、別に何も思わんかったじゃろ？」

「んー……確かにそれはそうかもしんないね。何でだろう？」

「付き合いも長くなってきたし、マリサ自身にギルド員としての自覚というか、愛着が湧いてきたのかも知らんの」

「まあ、ギルド長のことは何だかんだで好きだしね。厳しいところもあるけど本当は優しいし。そもそもシャーロットちゃんのお父さんだし」

「今までいろいろあったが……マリサにもちゃんと居場所ができたということじゃな。それと……あの男は信用してもいいぞ。我がいなくなったとして、困ったことがあればあの男に相談すればいい」

「え？　フー君がいなくなる……？」

どういうこと？

そう尋ねようとした時、観客席に盛大な声援が鳴り響いた。

「シャーロットちゃーん！」

「ひゃーくしきっ！　ひゃーくしきっ！」

「俺も剣で眠らせてくれー！」

「ひゃーくしきっ！　ひゃーくしきっ！」

「スライム倒せないのにミノタウロスは眠らせて無効化させる……そこに痺れる憧れるううう！」

「ひゃーくしきっ！　ひゃーくしきっ！」

やっぱりシャーロットちゃんは、冒険者ギルドの一部の人から凄い人気だね。

あと、たった一人だけで大騒ぎして「百式」連呼しているのは、希少中の希少であるルイーズさんのファンだろう。

「ってことでシャーロットちゃんとルイーズさんの一回戦だけど、どう思うイヴァンナちゃん？」

「二人での参加ということじゃが、相手が悪い。万が一にも勝ち目はあるまい」

イヴァンナちゃんの視線の先――闘舞台上にはシスターなんだかメイドなんだかよく分からない服装の女の人。

つまりは、シャーロットちゃん&ルイーズさんの初戦の相手は……覆面エックスさんなんだ。

「確かに……覆面エックスさんからは得体のしれない力を感じるね」

「得体がしれんどころか、あの女は我らと同じ領域におるよ」

「そこまでの実力者なの!?」

うむとイヴァンナちゃんが頷いたところで、試合開始のドラが鳴り響いた。

「まさか初戦から全力を使うことになるとは思わなかったんです！」

「覆面エックス……何者かは分かりませんが、普通にやっては勝てませんわ」

「でもルイーズさん？　魔神の力を使ったとしても限りがあるんです――マリサちゃんとの戦いの時までに力を残すことはできるんです？」

「そこをフォローするための修練でもありますわ。この一か月の全てをぶつけましょう！」

と、そこで覆面エックスさんはクスリと笑って二人に挑戦的な視線を向けた。

「あら、貴女たち？　マリサちゃんの話だなんて……まさか初戦の相手のこの私——お姉ちゃんを突破できるとでも思っているの？」

その言葉を受けて、二人はニヤリと笑って頷いた。

「ええ、思っていますわよ？」

その刹那、シャーロットちゃんはルイーズさんの影を踏んで——


——その中にヌルリと沈んで消えていった。


「影魔法でございます」

「高難度のシャドーハイド……それなり程度にはできるようね？」

そうしてルイーズさんは何やら念を込めて、両手を突き出して高らかにこう宣言した。

「私の百式を見せて差し上げますわ」

だから、百式はダメだって！

さっきの影の中にシャーロットちゃんを隠したのはいい感じだったのにっ！

「さあ驚きなさいっ！　真・百式——焔《ホムラ》っ！」

お？

おおお？

おおおおお!?

物凄い魔力と熱量の炎が覆面エックスさんに向けて放たれたよ!?

あれの直撃を食らえば、私でも結構ダメージを食らう感じだよ!?

っていうか、念を込め始めた瞬間からルイーズさんの魔力が何倍にもなってない!?

「——何っ!?」

覆面エックスさんは狼狽《うろた》えた様子で即座に防御魔法で結界を張った。

ルイーズさんの炎は防御魔法に防がれて、攻防は一旦仕切り直しになったと思われたんだけど——

「背後を取られたっ!?」

覆面エックスさんの影からヌルリと出現したシャーロットちゃん。

その動きは、やっぱり私の知っているシャーロットちゃんの何倍も速くて……鋭くて……。

「お休みなさいなんです！」

「え？　嘘!?　この子たちがこんな——っ！」

そして——。

背後から眠りの剣をモロに受けた覆面エックスさんは、その場に倒れたのだった。

サイド ダーリア

王国最強トーナメント会場——コロシアムの外の屋台村。

「ああ、もう死にたいわ……」

圧倒的敗戦によって、プライドをズタズタにされた私は沈痛な表情でそう呟いた。

「どうしたんですかダーリア様？」

イカ焼きを頬張りながらリージュが「面倒くさいなコイツ」とばかりに溜息をついている。

「まさかあの二人に負けるだなんて……私の強キャラ臭が完全終了するだなんて……マリサちゃんに何て思われているか……」

「いや、でもダーリア様？　聖教会独自の加護系のバフ効果を何にも使ってなくて実力の半分も出してなかったんですから……それにあの二人は謎の力で鬼のようなバフ効果てんこ盛りでしたし」

「こういうのは格付けが大事なのよ」

「格付け？」

「実力差があっても一度負けると……後はもう谷底へ真っ逆さまよ。噛ませ犬キャラとして……今後の私には負け犬人生しか待っていないわ」

「えー……気にし過ぎだと思いますよ？」

「それに予選の時にマリサちゃんに『貴女の力をこの身で確かめたい』とか自信満々に言っちゃったし……その前に負けるなんて恥ずかしすぎて本当に死にそうよ」

「ああ、それは確かに恥ずかしいかもしれませんね。どうしてそんなこと言っちゃったんですか？」

「私が負けるなんてありえないでしょ？」

「でも、負けちゃいましたね？」

全くもって返す言葉が無い。

――確かに油断をしていた。

――確かに単独行動の趣味みたいなもんだから、聖教会の加護も使っていなかった。

――でも、負けた事実は変わらない。

と、私が特大の溜息をついたその時、みんなでワイワイ屋台の食べ物を食べているマリサちゃんたちの姿が見えた。

「どうしたんですかダーリア様!?」

「隠れるわよ!」

マリサちゃんたちがこっちに歩いてきていたので、私は物陰にコソコソと隠れた。

「でも、あの覆面エックスって人……どこかで見たような気がするんです」

「そうでございますね。聖教会っぽいっていうか、聖教会っていうか……ハッキリ言っちゃうとダーリアさんっていうか……そんな気がしますわ」

「そんなことないよルイーズさん! だって武器でハサミ使ってなかったじゃん」

「ハサミの問題なんですか、マリサちゃん?」

「そうだよ。ダーリアさんって言ったらハサミってイメージあるじゃん? ハサミを使ってないってことは、それはダーリアさんじゃなくて、謎の覆面エックスさんなんだよ」

「うーん、そんなものなんですかね?」

「そうだよ。ハサミを使わないダーリアさんなんて、甲羅のないカメみたいなもんじゃん」

「そう言われると確かにそんな気もしてきたんです」

「うん。そうだよ、ハサミを使わないダーリアさんなんて、ただのコスプレイヤーでロリコンの変な人だよ」

「そうなんです！　確かにそんな気がしてきたんです！」

「そうだよ！　ハサミを使わないダーリアさんなんて、山型に型抜きされたライスに旗が立てられていないお子様ランチみたいなもんだよ！」

「それはもはやただの薄味のチキンライスなんです！　確かにそんな感じなんです！」

「そうだよ！　ハサミを使わないダーリアさんなんて、水の上に打ち上げられて、ピクピクしている死んだ目の魚みたいなもんなんだよ！」
ボ、ボ……ボロカスに言われてるわね……。
と、そこでイヴァンナがクスクス笑いながらこう言った。

「まあ、それは分かるのじゃ。奴はハサミ以外の武器ではからっきしじゃしのう……さしずめ卵のないスキヤキ……ってところかの」

「ん？　スキヤキって何？」

「東方の料理でな。甘くて辛い牛肉の料理で……これがワインとよく合うのじゃ」

「えー！　作れるの？　イヴァンナちゃんそれ作れるのっ!?」

「うむ。醤油を取り寄せれば、できると思うぞ」

「よし！　取り寄せちゃおうよ！　今度取り寄せちゃおうよ！」

「うむ。それでは……みんなでスキヤキパーティーじゃのっ！」

そんなことを言いながら一同は去っていった。

「ダーリア様？　ルイーズさんは少し怪しかったですが……どうやら気づかれていないようですよ？」

と、そこで私はその場に尻もちをついてへたり込んでしまった。

「ダーリア様？」

「……覆面しといて良かったわね」

でも、水の上に打ち上げられて、ピクピクしている死んだ目の魚というのは……言い過ぎじゃないかしら？

そう思いながら、私は安堵の溜息をついたのだった。

◆

さて、やってきましたよ準決勝。

まあ、私はいつもどおりのワンパン無双で一回戦二回戦と順調に突破したんだけどね。

ちなみにシャーロットちゃんとルイーズさんは、圧倒的な強さで決勝進出を既に決めている。

で、私が闘舞台に立ったと同時に冒険者ギルドのみんなから声援が飛んできた。

「マーリサちゃ――ん！」

「マリサ姉さーん！」

「俺たちの最終兵器の力を見せてやれ！」

「いけ！　我らがオークジェノサイダー！」


あ、そういえばオークジェノサイダーとかも言われてたことあったよね。

そんな感じで苦笑いしていると、私の対面に甲冑を着込んだ人が現れたんだ。

「私は王国騎士団の副団長――人呼んで幻想のヴェノムと言われています」

げ、幻想のヴェノム!?

それに副団長さんって話だし、これは今までの相手と違って歯ごたえがありそうだね！

「それではいざ尋常に――勝負っ！」

試合開始のドラの音と共に、副団長さんはこちらに向けて切り込んできた。

よっこいしょとばかりに剣を避《よ》けて、私はお返しの右ストレートを副団長さんに放った。

「……アレ？」

スカっと右ストレートは空《くう》を切り、背後からの再度の剣の攻撃。

すぐさまに私は前に転がって、副団長さんの攻撃を避けた。

「ってか……コレ……マジ？」

背後を振り返ると、そこには十人の副団長さんが立っていたんだ。

「幻影術に特化した剣闘法――それが私が幻想のヴェノムと呼ばれる理由です」

「くっそ……こんなのどうすればいいの⁉」

「勘で攻撃するしかないと思いますよ？」

上機嫌に返事をした副団長さんに向けて、私はニヤリと笑ってこう言った。

「まあ、全部倒せばいいんですけどね」

どれが本体か分からないなら、全部倒してしまえばいい。

頭の良くない私には、アレコレ考えるよりこういうゴリ押しの方が性にあってるし。

「な、な、な、なにいいいいい⁉」

片っ端から殴られて、幻影は一つ一つ姿を消していく。

でも……あれ？　何かおかしいな？

と、私は自分の中で違和感を覚えた。

「これがギルドの最終決戦兵器ですか――あびゅしっ！」

六回目の左フックが本体に突き刺さり、副団長さんはその場で膝をついて悲鳴をあげる。

でも……やっぱり、何かおかしい。

だって、私の攻撃を受けてるのに……ドゴーンって感じで吹っ飛んでないんだ。

そんなに加減もしてないのに……これって絶対おかしいよ。

「だが、まだ終わってはいな——うぎゅしっ！」

ダメ押しに蹴りを入れると、地面をゴロゴロと転がって副団長さんは場外にリングアウトしていった。


「勝者——冒険者ギルド所属：マリサ＝アンカーソン！」


「これでファイナリストは冒険者ギルドで独占だ！」

「マリサちゃーん！」

「うおおおお！」


と、そんな感じでギルドのみんなは大盛り上がり。

いつもなら右手を挙げたりして、みんなの声援に応えるんだけど……どうにもそんな気にならない。

と、いうのも——

「流石《さすが》はギルドの最終兵器ですね」

リングアウトした副団長さんが、こっちに歩いて戻ってきて……笑顔で握手を求めてきたんだ。

そうなんだ。

二度も攻撃したのに……この人は……普通に歩いているんだよ。

「まさか、この私が……服しか斬ることしかできずにやられてしまうなんて……」

その言葉で私は絶句した。

そして、よく見ると……最初の攻撃で確かに服を斬られていた。

「あの……副団長さんは冒険者ギルドでいうとどれくらいのお力なんですか？」

「ん？　Sランクの上位といったところと思いますが？」

「……そうですか」

そうして私は――血の気が引いているのを自身で感じながら闘舞台を後にしたのだった。

◆

――向かった先は予選会場。

誰もいないグラウンドで、私は設置されていたアダマンタイトの像を思いっきりに殴りつけた。

「やっぱり私……めっちゃ弱くなってる」

アダマンタイトは砕けたけれど、前回のように全て粉微塵《こなみじん》じゃない。

破壊できたのは三割くらいで、大きな塊が飛び散っただけって感じだ。

「フー君？　これって……そういうことなのかな？」

「……うむ。前世殿の加護が急速に抜けている最中……ということじゃろう」

「ねえフー君？」

「何じゃマリサ？」

「私……今……初めて……戦うことがちょっと怖いって思ってる」

「……」

「今まで自分が傷つくことなんて、痛い思いをすることなんて、そもそもあんまし考えてなかったし」

私がギリギリの戦いをしたのは、イヴァンナちゃんの時くらいだろうか？

でも、あの時はイヴァンナちゃんを助けたいっていう強い気持ちがあって、ぶっちゃけそんなことを考える暇も余裕もなかったしね。

今思えば――。

私って、力について深く考えたことが一切なかった。

前世さんに貰った力で好き勝手やってるだけで。

自分から積極的に力を得るために何かを頑張ったことって……なかった。

借り物の力で暴れて。

借り物の力で、何となく上手く回っちゃって。

ずっと……ずっとそんな感じでやってきた。

「戦うことが……痛みや死が怖いのか？」

「そういう直接的なこともあるんだけどさ、何て言うか——ただ、前世さんの力っていう背景で私は成り立っているわけで。結局は前世さんがいなければ、私はただの小娘に過ぎなくて」

「……」

「でも、シャーロットちゃんとルイーズさんは違う。自分で努力して力を身に付けて……それで私に負けないようにって……負けん気で必死に頑張ってて……凄いんだよ。あの二人って本当に凄かったんだよ」

「……」

「私はあの二人に比べれば、本当にちっぽけで子供なんだ。ただ、借り物の力で居場所を何となく作れちゃって……本当はあの二人と同じ場所にいることなんて……」

「……」

「そんな、何もなくなった私に……ありのままの普通の女の子であるマリサ＝アンカーソンと……シャーロットちゃんとルイーズさんは——これから先も友達でいてくれるのかな？」

「……」

「ハサミの無いダーリアさんなんて水の上に打ち上げられて、ピクピクしている死んだ目の魚って言ったけど……力のないマリサ＝アンカーソンなんて、それと私も一緒じゃないかな？　いや、それ以下の存在なんじゃないかな？」

仲間に負けじと必死に努力して己の力を高めようとしているシャーロットちゃんとルイーズさん。何か……あの二人が……急にとっても遠くに感じてきたよ。

「何かさ、そう考えると何だか怖くなっちゃってさ」

「のう、マリサよ。その話については我にも思うところはある」

「……うん」

「じゃが、それを伝えるべきではないじゃろう。その答えはお主自身が見つけるべきものじゃ。なんせ、我はいつまでもお主の側《そば》におれるわけはないんじゃから」

「……どういうこと？」

「お主の力が消失することもあるし……ギリギリまで様子を見て黙っておこうと思っていたのじゃがな。我と前世殿は……旅に出ねばならぬ」

「……え？」

「魂魄移植後の予後が悪いのじゃ。今は……そうじゃな、一時的に前世殿のおかげで体内の魔力調整をごまかしておるにすぎぬ状態じゃ」

「……ちょっと待って！　フー君がいなくなっちゃうってどういうこと!?」

「――未踏破領域に向かう。そもそも我の魔力が枯渇しそうになっておってな……。根本治療として龍脈を巡り、マナの強化に努めねばならん。それには数十年か、あるいは数百年かかると前世殿も言っておる」

「……つまり？」

「我はマリサの犠牲の上で生きると決めた。ならば、我は意地でもこの生にしがみつかねばならんのじゃ。それがマリサへの恩返しなのじゃからな」

「そんな……そんなことって……」

「マリサよ。戦いが怖いのであれば無理に戦う必要もない。シャーロット嬢とルイーズの力は本物じゃ……棄権しても構わんのじゃぞ？」

そうして私はその場で泣き崩れ、フー君はいつまでもいつまでも私の頬を舐め続けてくれたのだった。

◆

そして迎えた決勝戦。

試合前に相対する二人は……眉間に皺《しわ》を寄せて私に怒りの声をぶつけてきた。

「バカにしないでくださいなんです！」

「全力を出してくださいませマリサさん！」

「……え？」

「戦う前でも分かるんです！　今、マリサちゃんが身に纏う……魔力も闘気も貧弱なんです！　私たちが目標にしていたマリサちゃんにはあまりにも程遠いんです！」

「私たちは貴女を目標として、ありとあらゆる手段で自身を強化してまいりました。貴女の行為は私たちのこれまでを否定するに等しいのですわ」

「もう、マリサちゃんに気を遣われるとか、そういうのは嫌なんです！　私たちが弱いからって気を遣わずに——お願いだから本気を出してくださいなんです！」

確かにシャーロットちゃんの言うとおり、今の私は魔力も闘気も以前に比べれば貧弱だ。

でも、これは……今の私の精一杯なんだよシャーロットちゃん……。

私は自分の心臓をトンと叩いて、力なくシャーロットちゃんに言葉を告げた。

「あのさ……ずっと黙ってたんだけどさ」

「え……？」

「私のココには……もう前世さんはいないんだ」

「フー君が病気で……治療するために、大会が始まる前に、前世さんは私からフー君に移った。それで……どんどん力が抜けちゃって……これが今の私の精一杯で、やがては普通の女の子に戻ると思う」

「そんなことって……」

「今、この瞬間も力はどんどん抜けていってるんだよ。ねえ、シャーロットちゃん？　ルイーズさん？　一つだけ聞きたいことがあるんだ」

「何？　マリサちゃん？」

「二人が負けず嫌いの精神で頑張ってたのは分かるんだけど……二人はどうしてそんなに頑張れるの？　シャーロットちゃんは掌に豆をたくさん作って、ルイーズさんだって魔力枯渇でフラフラだったし……」

その言葉で二人は瞳に涙をためて、大きな声で力一杯に叫んだ。

「私たちは、マリサちゃんの役に立ちたかったんです！　対等な友達でいたかったんです！」

「二人で一人なら……オマケのような存在でも、せめてマリサさんの足を引っ張らないようにと……」

「暁の銀翼が……大好きだからなんです！」

「私たちは……ギルドの食堂のみんなでいるあの場所が好きだったからですわ。負い目なく、日常を楽しく笑いたかったから……だから、私たちは努力をしたのです」

ああ、そうか——と、私は思う。

この二人は私と同じ。

力の差を勝手に気にして、空回って……。

——私もシャーロットちゃんもルイーズさんも、ずっと同じことを考えてたんだね。

そう考えると、いつの間にか私の瞳にも涙が溢れてきた。

「やっぱり……私たちは友達なんだって分かったよ」

「……マリサちゃん？」

「だって、私とシャーロットちゃんとルイーズさんは……おんなじことを考えてたんだもん。だから──全てが終わって……私が普通の女の子になった時、本当の役立たずになって私が冒険についていけなくなった時──」

私は二人にゆっくりと、そして大きく頭を下げた。

「私を鍛え直して欲しい」

「マリサ……ちゃん？」

「魔法学院を休学してまで、二人が傷をこさえて、今……ここに立ってるみたいに。そんな私になれるように……力を貸してほしい」

しばしの沈黙。

幾ばくかの逡巡。

やがて私たちは誰からともなく笑い始めた。

「はは……」

「はは、ははは……」

「どうやら想いは同じようでございますね」

「うん、似た者同士だから私たちは仲良くなれたんだと思う」

「答えはイエスですよマリサちゃん」

「別に生活できる程度のお金があればいいし。一からゆっくり……もう一度……暁の銀翼を始めればいいですわ」

胸に満たされた——ありがとうという感謝の気持ち。


——でも、これってどうすれば二人に伝わるのかな？

言葉じゃきっと、それほど上手くは伝わらない。
今なら、戦いにこだわった前世さんの気持ちが……何となく分かる。
きっと、戦いっていうのは一つのコミュニケーション
言葉だけじゃ伝わらない何かが……伝わる、そんな魔法の肉体言語。
思えば、二人とは拳で語り合ったことなんて無かったよね。
前世さんからの借り物の力で構成されている今の……私だって。
そう、それも……ちゃんと私なんだ。

だから、二人には覚えておいて欲しい。

これからの本当のありのままの私を知ってもらう前に……今の私がいたんだってこと。

消え去る前の私を、戦いを通じて——知って欲しい。分かって欲しい。

「今の私には、二人が何を考えて修練を乗り越えて、ここに立っているかが分かるよ」

「だからこそ——」と、私は拳をギュっと握りしめた。

「私は二人の努力を——想いを受け止めたい。そして、頼りなくなっちゃった私の今の全力だけど——私の力を受け止めて欲しい。そうすれば、同じ悩みを抱えた者同士、本当の意味で分かり合える気がするから」

と、その時——。

「待て、マリサ！　全力でいくんじゃろ？」

観客席から飛び出してきたのはフー君とヒメちゃんだった。

「まりさー。ヒメたちもまりさのじゅうまー」

「のう、マリサ？　お主……忘れておりゃあせんか？」

「ん？　どういうこと？」

「お主は従魔使い——けもの使いでもあるのじゃぞ？　今まではお主が強すぎるから……まあ、何とかなってきたがの。じゃが、そもそもの話——けもの使いは従魔と共にあるのじゃ」

ああ、そうなんだ。

――私の力は前世さんからの借り物かもしれない。

――でも、お願いすれば助けてくれる従魔がいる。

――それは借り物の力で手に入れたものかもしれないけれど。

――いいや、それは違うね。

――確かに前世さんとの縁で手に入れた力だけど。

――これは私の力であり……仲間という名のかけがえのない財産なんだ。

――それはもちろんシャーロットちゃんとルイーズさんもね。

――そう、私は今……一人じゃない。

――これまでの全ては……無駄じゃないんだ。

――ありがとう、前世さん。

――ありがとう……みんな。

「そうだねフー君、ヒメちゃん！　さあ、シャーロットちゃん？　ルイーズさん？　そっちが二人で一人なら、こっちは三人で一人だよ」

「ふふ、望むところです！」

「ええ、出し惜しみはお互いになしですわ！　手を抜かれましたら一生恨みますので」

戦いの開始のドラが鳴る。

そうして私は二人と向き直り、持てる全ての魔力と闘気を解放した。

「さあ、これが本当に最後の全力だよ！」

epilogue

エピローグ

あれから――。

百式の魔神の加護とかいうあまりにも怪しく、そして胡散臭《うさんくさ》い力を発動させたシャーロットちゃんとルイーズさんは鬼の強さだった。

フー君もボコボコにされちゃうし、私もボコボコにされちゃうし……。

で、フー君とヒメちゃんの巨大化が解けて、「あ、これ負ける！」と思った瞬間に、二人はどうしても「小型のモフモフ」に攻撃できなかったんだよね。

――だって、とっても可愛いから。

そして全力を出すと言った手前、こっちも手心を加えるわけにはいかなかった。

んでもって、フー君とヒメちゃんの盾を身にまとった私の右ストレートで二人を吹き飛ばし、決勝戦は終了となったのだ。

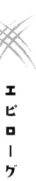

そうして――。

私は見事に力を失い、それはもうみんなの足を引っ張りまくった。

何といっても、冒険者ギルドで試験を受けなおしての判定結果は、駆け出しを終えたくらいの冒険者ランクのDだったしね。

前世さんがいた頃に、ちょこっとは訓練してたから、新米扱いではなかったのが救いだったかな。

それでまあ、どうにかこうにかシャーロットちゃんとルイーズさん……そしてイヴァンナちゃんの助けを受けつつ、私たちは楽しく笑って冒険者生活を過ごすことになった。

んでもって、みんなからはそれはもう鬼のようにシゴかれたんだけど、不思議と辛くはなかった。

いや、それはもう本当に地獄の日々だったけどね。

でも、本当に辛くなかったんだ。

みんなが強くなるためにやっていること、そしてシャーロットちゃんとルイーズさんが私の背中を追いかけて……ずっとやってきたことだからね。

どんな気持ちで、どんな思いで辛い修練をやってたかが分かったから、逆にそれが……少し恥ずかしい言い方かもだけど、絆を確認するみたいで嬉しかったからだと思う。

と、まあ、そんなこんなで一年後のギルドの食堂。

「ほとんど素人の状態から一年でSランク認定は前代未聞だぞ」

若干の狼狽《ろうばい》を交えつつ、ギルド長さんが満面の笑みで私にSランク認定証を持ってきたんだ。

「いや、私には前代未聞の師匠たちがいますので」

「シャーロットとルイーズは置いといて、イヴァンナもいるからな」

「ガハハ」と笑ってギルド長さんは私の肩をバシバシと叩いてきた。

「あと、けもの使いってことで、ヒメちゃんにも下駄を履かせてもらってますしね」

「いや、基本はマリサちゃんの頑張りの結果ですよ」

「しかし、オヤツの時間を削れば……もう少し早くSランク認定されていたとは思いますが」

「それは言わない約束だよルイーズさん！」

と、その時——。

「久しぶりじゃのマリサ」

懐かしい声のした方向に顔を向けると——そこにはフー君がいたのだ。

「え、ええええ!?　フー君!?　何でここに!?　夢じゃないよね!?　これって夢じゃないよね!?

ってか、大丈夫!?　体は大丈夫なの!?」

「最低でも数十年かかると思ったのじゃが、嬉しい誤算が重なっての」

「そうなんだ……良かった！　良かったよ！」

マッハの速度で駆け寄って、涙と共にギュッと私はフー君を抱きしめた。

「ずっとずっと寂しかったけど、フー君が心配しないようにって……私、前世さんなしで強くなったよ！　Sランク冒険者になったんだ！」

「うむ！　頑張ったのマリサ！」

「うん、私――頑張った！」

「しかし……Sランクか……それは不味《まず》いのう……」

「ん？　どったのフー君？」

「ほとんど普通の女の子の状態で……あの無茶苦茶なマリサだったのじゃぞ？　Sランクになったマリサじゃと……これはどんなんになるんじゃろ？」

おっかなびっくりとそう言うフー君に、私は「はてな？」と小首を傾げる。と、その時――


――久しぶりバブ！


頭の中に響く声。

そして、全身に力がみなぎるような……久しぶりのこの感覚。

「え!?　前世さん!?　どういうこと!?　フー君に移ったんじゃ!?」


――私もまた修行中の身バブ！

「え？　え？　え？　本当にどういうこと？　魔力枯渇は龍脈で何とかなったとしても、根本的に魔力調整を前世さんがしないといけないいんでしょ!?」

――この一年で魂魄《こんぱく》関係の秘術を研究していたバブ。

「ふむふむ」

――つまり、遠隔操作でフェンリルの魔力調整をすることができるようになったバブ！

「えええええ!?　そんなことできるんだ!?」

――そんなことできるようになったバブ。

「やったじゃん！　前世さん――グッジョブじゃん！」

と、まあそんなこんなで――。

私たちのドタバタとした日常は続いていくことになったらしい。

あ、そうそう、余談だけどさ。

それから私は以前にも増して強くなって、もう誰も手がつけられない感じになったんだよね。

それで暁の銀翼は最強の冒険者パーティーとして世界に名を轟《とどろ》かせることになったんだ。

最終的には未踏破領域にも進出して、歴史に名を遺す……っていうか、世界を巻き込みまくって大騒動を起こしまくったややこしい連中ということで冒険者界隈での伝説になったんだけど——


——それはまた別の話だね。

おしまい。

GC NOVELS

けもの使いの転生聖女

〜もふもふ軍団と行く、のんびりSランク冒険者物語〜 ③

本書は小説投稿サイト「小説家になろう」(https://syosetu.com/)に
掲載されていたものを、加筆の上書籍化したものです。

2021年5月7日　初版発行

著者　白石 新

イラスト　希望つばめ

発行人　子安喜美子

編集　伊藤正和

装丁・本文デザイン　AFTERGLOW

印刷所　株式会社エデュプレス

発行　株式会社マイクロマガジン社

URL:https://micromagazine.co.jp/

〒104-0041
東京都中央区新富1-3-7　ヨドコウビル
TEL 03-3206-1641 FAX 03-3551-1208(販売部)
TEL 03-3551-9563 FAX 03-3297-0180(編集部)

ISBN978-4-86716-135-7　C0093

GC NOVELS 話題のウェブ小説、続々刊行！ 毎月30日発売